生命流向

胡昭诗选

胡昭 ◎ 著

长春出版社
全国百佳图书出版单位

图书在版编目(CIP)数据

生命流向：胡昭诗选 / 胡昭著. -- 长春：长春出版社，2025.1. -- ISBN 978-7-5445-7580-5

Ⅰ.I227

中国国家版本馆CIP数据核字第20249V6552号

生命流向——胡昭诗选

著　　者　胡　昭
责任编辑　孙振波
封面设计　宁荣刚

出版发行　长春出版社
总 编 室　0431-88563443
市场营销　0431-88561180
网络营销　0431-88587345
地　　址　吉林省长春市南关区长春大街309号
邮　　编　130041
网　　址　www.cccbs.net

制　　版　长春出版社美术设计制作中心
印　　刷　长春天行健印刷有限公司

开　　本　880mm×1230mm　1/32
字　　数　160千字
印　　张　10.125
版　　次　2025年1月第1版
印　　次　2025年1月第1次印刷
定　　价　59.80元

版权所有　盗版必究
如有图书质量问题，请联系印厂调换　　联系电话：0431-84485611

目 录

40 年代

002 放哨的儿童

005 一只手

009 备荒模范

50 年代

014 友人的姓氏

015 朝鲜战地速写（两首）

021 给朝鲜（五首）

029 写在芭蕉叶上

034 在紫金山顶上

036 鲁迅墓

037 北方山色

039 江上黄昏

040 江上黎明

041　早晨

042　喊山

043　开闸

045　木排

047　镜泊湖

048　森林勘查队之歌（三首）

052　给延边（四首）

056　虹

057　密密的白桦林

058　山风来了

059　昨夜一场大雾……

060　树林里那么多好朋友

061　山洞，山洞，山洞

062　湖上短歌（三首）

066　落叶松

067　林中空地

069　松针

070　第一个黎明

072　秋雨

073　孤独的星星

075　夜雨

076　1958年除夕赠内

079　我们多像星星

080　早霞（二首）

082　夏天

083　宁静的夜

60年代

086　云与晚霞

087　雁叫

089　雨滴

090　流星

091　大月亮地

095　马蹄踏过急雨

097　河

099　树叶

70年代

102　是谁说……

104　在生命的长途中……

106　寻觅

108　不要说话

109　秋

110　镜子

111　种子

112　琴

113　窗

114　蜡烛

115　时间

116　成长

117　松针

118　给探索者

119　棒槌雀

122　心歌

126　稻

128 初冬的河

130 竹马

133 海瑞墓前

135 水与火

137 风

139 上海——明亮的窗子

141 神秘果

144 船的语言

146 炉火

148 远望

150 普希金的眼睛

152 岁月

154 清澈

155 小诗片片

156 清澜港

157 贝

158 汉代船坞

160 潮

161　山野的风

162　奔波者的恋念

164　握手

165　大地

167　道路

168　向往

170　秋色

171　吉林陨石

174　也正是这个日子

178　梦

180　答友人

184　命运

185　真理

187　怕

80年代

190　我的思念

191　过了树林还是树林

192　春

193　江边的柳树

194　花的哲理

195　晨星——昏星

196　八月雷雨

197　丹东三问

201　流星

202　丝绸之路（组诗）

206　等

207　江上联想

208　江鸥

209　溪水与山崖

210　心的年轮

211　金子的生日（组诗）

217　金粒与花朵

218　夜话

219　朋友间

220　听海

226　回音壁

227　马

229　书

231　召唤

232　只要有火——

233　蜂与花期

234　瀑布与虹

235　相遇

236　云和瀑布

237　站台

238　零星小雪

239　竹子·月季·青松

241　埋头

243　脚印

244　大理三月街

247　云南（组诗）

251　波浪

252　睡美人

255　蝴蝶泉边

256　水滴歌唱大海

259　雄风

261　海与船

263　骆驼

265　沙漠与鹿

269　柴达木情歌

273　纪念一个日子

274　时光爱人

276　春雪

277　新春二题

280　西行日记

291　安图一瞥

294　捕捉

90年代

296　山·水

300　生命流向

304 寄语椰树下的女儿（外一首）

305 没有风，也看不见雨滴

307 清明雨

309 老树

310 命运之星（外一首）

312 聚

40年代

放哨的儿童

夜的天空里
浮动着的云彩像鹅毛,
阵阵微风
掠过树梢。
这时,屯头上
儿童们在放哨。
他们
手拿红缨枪,
头戴朱德帽;
眼睛直看着——
公路的拐角。

为了把地里的庄稼
顺利地拉到家,
他们离开母亲,
长久地、彻夜地
什么也不怕,
站在榆树底下。
他们知道自己任务重大,

等待着给行人
以严格仔细地盘查。

他们低低地讲话——
谈着胜利的故事,
互相鼓励,
互相警惕;
要同心合力,
保证已得的胜利。

东方渐渐发白,
红红的太阳升起来,
屯子里来了
上年纪的叔叔、伯伯,
——换他们回家
早给他们准备了饭菜。

他们是
　　劳动果实的保护者,
　　人民胜利的促进者;
到将来
更是新社会的主人。

人类的一切
光荣和幸福
他们都将获得!

          1948 年 7 月

一只手

一

我看过一只手,
一只终年劳动的农民的手,
一只粗糙的、结实的手。

这手上
无论冬夏
都蒙着一层黑皮
这就是他的皮肤吗?
这破裂的
  露着鲜红的肉的
  渗着血的?

他认真地洗过几次手呢?
没有胰子,
没有手巾,
更没有那么多的功夫啊!

这只手

一直握锄头，
　　攥刀把，
　　扶大犁……
除了睡觉和有病
很少离开活计。
他就用这手抓窝窝头，
抓冻硬了的豆包，
捋树叶、扒树皮……

他用这只手
养活了多少人啊？
地主、恶霸、官僚……
但却饿瘦了自己！

二

今天
这同一只手
是干净的，
伸直着的，
比从前更有力
抓住我的手，紧紧的。

他曾用这手,
打了地主的脸,
——这受了半辈子气的人
四十年来是头一次。

如今
手上的伤好了,
更结实了,
他用这只手
快活地耕种着自己的土地。

他屋里的还跟他说:
"过门这些年,
我没看见过你的手这样干净!"
他笑了,
瞅瞅手,说:
"如今嘛,不同哩……"

如今
这只手
常在会议席上,
举起
通过屯中大事。

如今
这只手,
攥着钢笔
在冬学里
吃力地练字……

同一只手啊!
过去
给人家干活,
如今
为自己做事。

1949 年

备荒模范

玉门屯里一棵柳
十人走过九人瞅
柳梢高高伸上天
好似要挑到云上头

柳树下住着高玉翠
她和柳树就像亲姊妹
头晌在树下把席编
下晌到树下去纺线

早晨的太阳暖洋洋
高玉翠编席朝太阳
湿眉子摸着不冰手
小小的席花闪亮亮

晌午的太阳热辣辣
高玉翠纺线树荫下
车子转得风丝不透
人儿隐在白团团后

柳树摇摇在院里
高玉翠跟车去赶集
席子、线纱卖出去
回来车上装满了米

高玉翠纺的线匀又细
高玉翠的席子花儿密
摊贩们嫌她来得太早
买主们怪她来得太迟

县里开备荒模范会
玉门屯选出了高玉翠
县长亲自给她戴花
高玉翠乐得闭不上嘴

报纸上登出了她的事
念书人特为她编了词
孩子们天天跳着唱
妇女们都要向她看齐

走道的都望望那棵柳
哪个不夸高玉翠是能手

柳梢高高伸上天
高玉翠的名字到处传

                    1949 年

    此三首为诗人 15 与 16 岁时所作。13 岁成为孤儿的诗人，被土改工作队收留并把诗人送入吉北联中学习。因而得以结识当时的校长、恩师李又然先生。在先生的鼓励下，诗人开始学着写下对生活的观察与感受。这一阶段的人生经历，为以后诗人的诗歌创作打下了不可或缺的基础。

50年代

友人的姓氏

自从我们认识那天起
你的姓氏,就为我喜爱并牢记
一个音节,短促的音节里
藏着你的笑影、身姿
在漫长的旅途中
每遇到一个和你同姓的人
我就像遇到一个亲人般欢喜
就引起我无数亲切的回忆……

1950 年冬

朝鲜战地速写（两首）

战斗的松林

山岭接着山岭
松林连着松林
战斗的朝鲜啊
到处是遮天盖地的松林
松林是你庄严的战袍
你越战越勇，冬夏长青！
在前线——在后方
松林遍地生长
直挺挺绿葱葱
把枝叶伸向天空
那严密的松枝下面
战斗的人们在日夜行动。

仓库上长起了松林
桥梁上长起了松林
公路两旁长起了松林
汽车顶上长起了松林
我们行军的战士们头上啊

也长起了松林

密丛丛的松林，
绿汪汪的松林
海风吹过来
松枝闹嚷嚷地摇动
一片绿海波浪翻腾
美国"乌鸦"晃花了眼睛
任你疯狂地轰炸、俯冲
我们的汽车向前进
我们的军队向前进……

严冬，松顶上重重地压着积雪
每一棵高大壮实的松树
都像一个坚定忠实的哨兵
他严峻的眉毛上闪着霜花
每时每刻，那松枝后面
都会发出复仇的枪声……

敌人怕死了松林，恨死了松林
轰炸松林，扫射松林……
可是松林遮天盖地生长着
那严密的松枝下面，我们的高射炮

把敏感的鼻孔朝向天空
松枝里射出仇恨的眼光
　喷出强大的炮火
保卫着青空
　洗荡着青空！

1951年9月朝鲜战地

一朵红花

　　一九五一年冬，在一个志愿军医院的庆功大会上，院首长给功臣们戴花；戴到最后，手里余下一朵：原来一位青年团员在战斗中英勇牺牲，同志们为他追记大功一次，给功臣们做红花时也为他做了一朵。

几百双手掌拍起来，
几百对眼睛跟上台，
功臣们笑着连连敬礼，
一朵朵红花胸前开。

音乐一声声低下来，
掌声一阵阵稀下来，

院长手里还有一朵花,
这朵红花该谁戴?

有一个名字闪光亮,
在功臣榜上头一排;
一个笑眯眯的小圆脸,
在同志们眼前现出来。

他的挂包又鼓又圆,
有一颗红十字绣在上边。
无论冬夏,他总是红红的脸,
奔走在担架队的头前。

穿过风雪,穿过层层封锁线……
把伤员从危险送向安全,
和同志们一个个握手道别,
他又来往在风雪中间……

那一天,正在运送的紧急间,
四架敌机出现在头顶。
他镇定地指挥着隐蔽,
朝鲜的山河啊掩护着我们。

红十字走在最后,在最后,
狠毒的敌机接连着俯冲。
啊!公路上扬起一片雪花,
啊!公路上扬起一片枪声……

这雪山看见的,这松林看见的,
松林里的同志们看见的:
他的血把朝鲜的白雪染红,
为大家他献出了年轻的生命。

……请把花戴在他名字下面,
院首长!这朵红花是他的。
同志们!我们起立。
红花颤巍巍向我们答礼。

他活着,同志们!
他笑眯眯地坐在功臣席上。
今晚,他跟我们一起欢庆胜利,
明天,要同我们一起上战场。

年轻的烈士就像一朵红花,

开放在朝鲜,开放在人心上,
这花啊就像一团火,
开得红通通,开得明亮亮!

1951 年 10 月 朝鲜战地

1951年,在北京文学研究所(现鲁迅文学院)学习的诗人,与同学一起踏上朝鲜战场进行战地采访。此两首即为朝鲜战地所写。朝鲜战场回来后,诗人又陆续创作了多首与之相关的诗歌作品,其中《军帽下的眼睛》得到诗坛瞩目,并成为60年代大学及中学的选修课篇目。

给朝鲜（五首）

水

每当清晨，小河从山谷里
带给我们葡萄酒一样的空气
少女们洗净她们的青菜
　　淘净篮里的白米
小心地舀满水罐，连同晨光一起
像顶着和平，顶回家去

那河岸上开遍了鲜花
那河岸上是洗衣的姑娘
过路的小伙子并不口渴
捧一口水，他只顾张望
河水啊，那么清又那么甜
就像那姑娘的心，美丽而善良……

如今这一切都在哪里呢？
回答的只是那山谷里的回响
早晨的空气里掺了硝烟
那水的碎片散布在河岸上

洗衣的青石上沾满了鲜血
那河边的人们啊奔向了战场

小河卷起石块和泥沙
滚动着血泪滚动着仇恨
同志们！喝一口水再走吧
把仇恨深深地埋藏在心！
在战斗中讨还我们幸福的日子
对万恶的侵略者决不宽容！

1951 年 11 月

军帽底下的眼睛

透过炮火，透过烟雾
那军帽底下
闪动着一对眼睛
它们在四下搜寻

从一个伤员爬向一个伤员
她望着同志们坚毅的眼睛
轻声地说："不要紧……"

每个指尖都充满疼爱
她包得又快又轻

我想起妹妹的眼睛
那么天真而明净
我想起妈妈的眼睛
那么温暖那么深……
深深地望她了一眼
我回身又扑向敌人

无论黑夜或白天
不管我守卫,我冲锋……
我眼前常闪动起那对眼睛
这时,我就把枪握得更紧
我就更准地射击敌人
我要保卫那对眼睛
妹妹的眼睛,妈妈的眼睛
我亲爱的祖国的眼睛

1952年12月

金达莱花

传说里有位朝鲜英雄
热爱自由爱人民
无法忍受凶暴的统治
他领导人民起来斗争

他杀死了无数的官兵
最后落到敌人的手中
敌人捆起英雄的双手
把他流放到辽远的边境

他蹚过祖国的大小河川
他爬过祖国的绵绵山岭
头上是烈日的煎烤
背后是皮鞭的啸声……

祖国的山岭啊无穷无尽
英雄的苦难啊无了无终……
一路上滴遍了他的血迹
把路旁的岩石染红

……后来,凡是英雄走过的地方
都灿烂地开起了金达莱花

人民说那是英雄的遗志
号召人民为自由而斗争

金达莱花变幻着各种颜色
象征着英雄不同的心情
有时他的忧愁又远又深
花朵就蓝得像无底的天空

有时他满怀美丽的梦想
花朵就像彩霞一样金黄
有时他满腔是苦痛和愤怒
那花朵就像烈火一样深红……

孩子们常折断它细脆的长茎
"阿卡阿卡!"它发出叫声
老人说那是英雄在呼痛
于是追打那顽皮的儿童

在山坡上在路旁石缝中
金达莱花迎风摇动
它们好像在高声呼喊
鼓舞着人民勇敢前进

1953年10月

罗盛教河

朝鲜,很多很多这样的小河
就像大地身上的一根根脉络
它们没有名字,也没有壮阔的波涛
就那么辛辛勤勤地在村边流过……
可其中有一条,取了一个英雄的名字
它永远激励着人们,就像一首动人的歌

这条河是那么谦卑,无浪无波
它的流水也是那么水晶般的清澈
勤劳的人们在这里汲水、洗衣
冬天,一层冰遮掩着它的流动
在那河湾水急的地方
冰就像纸一样的薄

早晨,一个年轻的志愿军来到河边
看朝鲜少年在冰上飞快地滑过
冰上迸发着笑声,迸发着单纯的欢乐
忽然,一个少年箭似的向河湾滑去
啊!冰片和流水卷起一片漩涡…
年轻的志愿军惊叫了一声,跃入冰波

冰水像一根根针刺入他瘦弱的身体
他一次又一次地潜下,在河底摸索……
最后,用发紫的手把少年举出水面
可是力气用尽了,自己被流水吞没……
罗盛教就是这年轻的英雄的名字
从此人们就把这河叫作罗盛教河

罗盛教河是一条平凡的河
它在朝鲜大地上流着,长远而热烈
它像一股暖流
在中朝人民心上流过
在全世界人民心上流过
激溅起汹涌的爱的大浪大波

1954 年

给朝鲜

我不认识那些曲折的山路……
你们的山谷热情地欢迎我拥抱我——
伸出它有力的松枝臂膀
大敞开鲜花盛开的胸怀

小河殷勤地指引我
用它淙淙不断的声音

我不懂得你们刚硬的语言……
然而阿妈妮了解我信任我——
挖出久埋在地下的烈酒
掏出深藏在心底的要求：
指指她的心——这里已经碎了
摸摸我的枪——要为她复仇！

我不善于勇敢地战斗……
年长的人民军同志督促我教育我——
用一连串激动的手势
用他火热灼人的目光
用百发百中的射击
用他布满伤疤的胸口

1954 年 5 月

写在芭蕉叶上
——土改队员手记

木棉花

清水打得满呀
石级陡又滑
走上河堤抬头看
火旺旺一树木棉花!

木棉树呀,为什么
今年花儿开得早?
木棉树呀,为什么
朵朵花儿红又大?

哎,毛主席派来工作队
爬过山,涉过水,
爬山涉水千百里
来到深山访僮家

昨天同志进村来
走过木棉树下
木棉见了也欢喜

一夜红花满枝丫

双桶摇摇脚步快
姑娘心头热辣辣
哎，从此僮家山寨
升起不落的早霞！

点梅纱

好一幅点梅纱
闪闪耀金花
出在穷人手
藏在地主家

地主箱笼大
层层绸缎压
纺纱织布人
浑身挂烂麻

如今我穿它
赶墟走亲家
满脸生光彩
遍地开金花

泡新茶

泡碗新茶请你尝
问问同志香不香?

茶叶青青茶叶新
是我亲手采回村

同志夸我茶味儿美
不是茶美是年月美:

从前采茶茶刺手
吃上一口苦刺喉;
如今茶叶软绵绵
吃来口甜心也甜——

从前血泪洒茶山
如今欢笑遍山传……

翠绿的芭蕉

昨晚上一场春雨
清早起,河岸上
好一排翠绿的芭蕉——

一张张宽大的叶子
在阳光里微微透亮
好像翡翠精雕

是雨点、是露珠
滴溜溜滚落草丛
芭蕉叶颤颤摇摇

是什么鸟儿在哪里
一声又一声
叽里叽里地叫

多好的雨、多好的早晨
姐妹们肩并着肩

对着阳光微笑……

1952年 广西邕宁老口

从朝鲜战场归来,诗人又在恩师李又然的带领下,与同学们奔赴广西参加了为期几个月的土改工作体验。工作队由诗人艾青、剧作家田汉率领,同学们被分派到各个村访问农户。这一组诗就是写于那个时期。原诗稿共五首,由于编选篇幅有限,删去一首。

在紫金山顶上

在紫金山顶上
盘龙的青铜仪器闪着暗淡的光辉
石造的日晷还忠实地指示着时辰

古代的学者曾在这仪器的旁边
屏息地观察神秘的天体
树木在喧嚷,不息的岁月匆匆流去……

这里的人好像从未觉察季节的更替
他们在倾听大宇宙的脉搏
倾听大宇宙的呼吸

这高塔的圆形屋顶
每夜都轻轻地转动
巨大的观测仪向天空竖起

每夜都有人伏身在观测仪上
追索着变幻的星云的动静
探问着闪烁的星球的消息

在紫金山顶上
我们向宇宙展示无限雄心
向遥远的星球举手致意

1953年5月 南京

鲁迅墓

在空旷的墓园里一个偏僻的角落,
他的墓像他的人一样质朴而谦卑。
亲友们手种的柏树像绿色的围墙,
守护着他在这里静静地沉思……

纷杂的脚印踩亮了墓前的草坪,
千百万人从远方赶来向他致意。
不管老人或少年、陌生的还是相识的,
对导师共同的敬爱使我们熟识而亲密。

放几束带着露水的深色的野花,
放几根刚刚绽叶的春天的树枝。
没有浮夸的表示也没有更多的话,
我们默默地在他的身旁久久站立。

这偏僻的角落笼罩着庄严的宁静,
在这里伟大的生命在延展在继续。
好像大地上的一切都在倾听着他,
倾听这巨人的深远的呼吸……

1953 年 5 月上海

北方山色

带岭,金山,美溪,翠峦……
一连串美丽的地名
亮晶晶,像珠子
滚落在汤旺河左岸

是谁的脚步,第一次
踏进这杳无人迹的深山?
是谁的眼睛,第一次
发现这浩瀚无垠的富源?

是谁的声音,带着惊喜
第一次呼出这些好听的地名:
如带的长岭,金子的山
秀美的溪涧,翡翠的峰峦……

啊,光荣属于开发者们——
最早的木帮、最早的踏查队员!
阳光洒遍莽莽林原
新的生活喧响在心间

铁路啊,是金的丝绳
把晶莹的珠子串连成串
新的伐木者擎起这珍贵的项链
满怀敬爱,披挂在祖国的胸前

1955年,小兴安岭

江上黄昏

城市刚结束白天的喧闹,
江上开始了欢乐的黄昏:
阳光从楼房挪上江面,
船桨打下翻起闪闪金鳞。

新鲜的衣裳,愉快的脸,
从四面八方向江边聚拢……
树荫下传出热切的低语,
不时有少女明朗的笑声。

夕阳隐去,灯火明亮,
快乐的音符在空中跳动!
老人的脚步也年轻起来,
舞伴们微笑着旋转如风。

这里连杨柳都随声起舞,
水里的游鱼也停下来倾听……
就这样人们休息和欢笑,
明天要有更饱满的精神!

1955 年 4 月哈尔滨

江上黎明

黎明时天空好像江水,
翻卷着朵朵鲜艳的彩云;
黎明时江水好像天空;
涌动着层层斑斓的波纹。

江岸上传来第一声鸡叫,
农业社敲响了下地的钟声;
轮船放开它粗大的嗓门,
以长长的汽笛亲热地呼应……

劳动者欢快地走上岗位,
旅行家告别亲人去远行;
祖国广大的陆地和江河,
都开始了新的建设日程!

1955 年 5 月 松江江畔

早晨

晨雾还没被阳光穿透,
布谷鸟正努力唤醒森林;
原始林里突然人声喧嚷,
伐木工人大队向林场前进;
一边走一边劈砍着道路,
深山里扬起响亮的歌声!

冲破浓雾,冲破寂静,
歌声震响着更远更深——
山鸟惊叫着扑刺刺飞起,
成片的露水散落飞迸……
伐木者胸膛里充满着欢乐,
用劳动来迎接新的早晨!

晨雾像轻纱飘摇着散去,
大树小树舒展着腰身……
手锯在树叶间闪闪发亮,
金红色的阳光洒满森林……
伐木者永远开辟着道路,
永远向森林的最深处进军!

喊山

这是伐木者不容玩忽的纪律:
当手锯将锯到最后几锯
当巍巍然的大树微微战栗的时分
要对着森林高喊三声——
警告进山的人立刻停止行动
那声音长久清晰震动人心……

这边响过,那边又喊——
好像树和树互相警告
好像山和山互相呼应
当巨大的形体轰响着艰难地倒下
森林突然寂静。但喊声仍在延长——
深山里回荡着不息的回声……

这是伐木者不容玩忽的纪律
喊山声振奋着一切进山的人

开闸

闸口主任有力地一挥右手,
看闸工一下子拉开了闸门——
河水轰隆隆蹦跳下来,
像无数猛兽冲出铁笼!
巨大的原木像大群的野马
被一阵枪声陡然惊动:
拥挤着嘶叫着溅起浪花,
圆滚滚的脊背在波浪里翻腾……
看闸工像一个威武的将军,
注视着战斗激烈地进行——

有时突然发生了堵塞,
几十根原木堆起一个山峰。
河水愤怒地打着涡旋,
野马在互相踢、咬、论争……
看闸工几大步跳上一根原木,
跳跃着、划着水奔向河心,
手里横着一根长长的铁钩,
脚下的原木摇晃,翻滚,
活像勇士催促着战马,

向最危急的地方飞奔。

在木垛上他不住地上下飞动——
有时像猿猴般敏捷地纵跳,
挥动铁钩,在木垛的尖顶;
有时把全身的重量压向一根原木,
叫它和另一根两下离分……
将原木一根根拨开,
他又跳跃着、划着水奔回河岸,
河水和汗水湿透了全身。
看闸工像一个胜利的将军,
看原木在急流里顺利地前进……

木排

在江上我看见成群的木排——
湿漉漉的木排,闹嚷嚷的木排
好像无数喧嚣的鲸鱼
呼呼隆隆在水面上排开……
啊,木排木排
你们往哪里去
又从哪里来?

你们来自连绵的小兴安岭
还是来自终年披雪的长白?
在那里你们从幼苗长成大树
那猛烈的气候对你们严厉而又慈爱
在那里伐木工人不舍地和你们分手
把你们交给松花江滚滚的波浪
就像把子弟交托给亲友去关怀

你们前面还有多少水旱的路
有多少亲人在热切地等待——
你们要去支援钢都鞍山、煤都抚顺

还是去建设美丽的北京郊外?
去荒原上铺一条新的铁路
还是为了一对对正在热恋的年轻人
去把新房修盖?

在江上我看见成群的木排——
顺流而下的木排,奋勇前进的木排
好像一根根巨大的矛头插进江水的中流
矛头的尖端,流送工人正艰难地划水
一面面快速竞赛的小红旗迎风飘摆……
啊,木排木排
愿江水流得更急
祝你们走得更快!

1955 年 5 月

镜泊湖

你吸收了山的青翠
你吸收了天的碧蓝
啊,镜泊湖,镜泊湖
真像一面奇异的镜子
被有力的手移来
安放在群山中间

但我知道,你波涛湍急的地方
无数巨大的涡轮在日夜旋转
湖面上正传来轰然的声响……
啊,镜泊湖,镜泊湖
你秀美中蕴藏着犷野
你平静里蓄存着力量……

1955年6月镜泊湖边

森林勘查队之歌(三首)

山间小泉

你叮咚作响的山间小泉
你清澈照人的山间小泉
藏在密密松林的深处
在厚厚的灌木丛中间
只有隐约可辨的小路通到这里
——这是小巧的鹿蹄踩出来的
鹿常在水中欣赏自己秀健的身影
久久地啜饮你不息的清泉

小泉,你每一滴都从深深的地下涌出
带着大地的凉爽、松子的清香
我们今天也向你深深地俯下身来
我们是探山的森林勘查队员
我们都久久地喝着,浸湿着胡须
因为前面的路还很长很远……

1956年8月

在密林深处

我们在深山里面
在没有人迹的密林深处
用斧头砍出一片空场来
支起帐篷、架起锅灶
再稀疏地,沿着河边
用树枝搭起一些小屋……

在河里埋下红红白白的标杆
扯起长长的拦河索
小伙子们快活地哼着歌儿
开始测量水位、测量流速
电话丁零零响起来了
组长向远方大声地招呼……

我们在深山里面
在没有人迹的密林深处
小鸟新奇地看着我们
野兽远远地搬走了家口……
青年团员的生活充满欢乐
一点不寂寞,一点不孤独

不久这里将喧闹起来
大队的伐木工人将要进山
巨大的红松要接连着倒下
拖拉机将吼叫着把它们运出
帐篷将变成高大的房屋
小道将变成宽阔的大路

冰

五月的山中
葱茏的树林里
不知名的鸟儿在婉转啼鸣
汗水顺着鬓边淌下
我们沿着弯曲的溪涧走去
听鸟叫，听切切的水声

忽然，溪涧透出袭人的凉气
我们看见：狭窄的溪涧上
压着一块块巨大的白冰
啊，冰块冰块，有的好像透明的钢甲
有的好像白玉的拱门
溪水在下面欢跳着流动

上面是炎热的太阳
冰的表面已经酥软
下面，土地和石头也烤灼着它
水滴不停地滴下
——好像冰块的泪水
冰块在泪水里渐渐消融……

勘查队员的脚步——春天的脚步
踏上深山里的冻土、冰层
脚步声声，坚定从容
啊，冰块冰块，即使你再厚再大
也无法压盖春天
也无法压盖春水的奔腾

1957年5月长白山中

给延边（四首）

向海兰江致敬

朋友指着车窗外的远处
告诉我那就是银色的海兰江
我看见江水在树丛中隐现
像横着一把长剑微微闪光
那浅滩上有水鸟惊叫着飞起
浅滩的边缘飞溅着白浪

我还来得及向你致敬
你奔腾不息的英雄的海兰江

海兰江，你为什么沿着铁道奔跑——
刚刚落后了，忽然又赶到前面
一会儿在左边，一会儿在右边
一会儿稍稍远些，一会儿贴近车窗
水上的疾风好像你急促的呼吸
海兰江，你有什么话要跟我讲？

滚滚的波涛是在讲仇恨的记忆吗——

在述说延边人永不平息的反抗
日寇在江两岸一次次地血洗
延边人的血淌进亲爱的海兰江
暗红色的水流映黑了天空和白云
映黑了两岸的绿树和稻秧

一个浪花从波涛中跃起
江面上跳跃着闪闪的阳光
海兰江摇头摆脱阴郁的记忆
忽然清明美丽,充满着欢畅……
海兰江,我敬羡你两岸的人民
能从你不尽的水流里汲取力量

我急着回过头向你致敬
你奔腾不息的英雄的海兰江

1956 年 8 月

在延边大学的庭院里

在延边大学的庭院里我看见阳光满地
在那草坪上、在树荫底下

有两个年轻人坐在一起

朝鲜族姑娘轻轻地念着单字
汉族青年拙笨地跟着学习
一个耐心而又温柔
一个涨红着脸粗声粗气

当一句句朝鲜文被青年朗朗地读出
他们相视而笑,兄妹般亲密……
在延边大学的庭院里
我看见阳光满地

1956 年 8 月

延边黄牛

人常说:力大如牛——
我却看见你悠闲地边吃边走
细嚼慢咽着每一片草叶
储存力量于全身的肌肉

人又说:慢得像牛——
我却看见你俯首疾走

在泥水中拼命拉着长耙
绷紧四蹄,声声长吼

怎能不赞美你,壮美的力士
人类忠实的朋友,可靠的助手!

给延边

在深山中无边的森林里
山风把硕壮的松塔摇落
你缓慢摇荡的稻田
结实的稻粒互相搓磨
你江河中有清冽的流水
河畔上飞扬着少女的情歌
每个果园都有累累的果实
每个家庭都有闪光的欢乐

1956 年 12 月

虹

你刚刚学步的时候
阿妈妮为你缝一件小衫
七色缎做成的袖头
比天上的虹还要好看

你一心想跨上虹桥
恨只恨腿儿太短
又想要钻进那虹门
可它一退就退到天边

如今你亲手设计的长桥
正由你指挥紧张地兴建
那七色缎的小衫可在哪里?
你身穿劳动服站在桥拱的顶尖

忽然,长虹从你脚下升起
你童年的愿望刹那间实现
啊,你眼中闪射着虹的光彩
又瞩望着更高更远的前面

密密的白桦林

好像山腰的一抹新雪
密密的白桦林反射着阳光
每棵树都像一个白衣少女
静静地站立着,沉思默想

忽然有风从山谷里吹来
白桦林立刻欢跃而明亮
少女们摇着蓬松的短发
手牵着手儿环舞歌唱

四周那些高大苍翠的松杉
万头攒动着在倾听、张望
不时地摇着肩热烈地喝彩
那宏阔的低音在山谷里回荡……

1956 年 8 月

山风来了

山风来了
山风来了
从那山脚下滚来
从那树林里卷来
粗野而凶暴
向果园侵袭……

快拉起一条条长草绳
把沉甸甸的果实托住
快竖起一根根支架
把弯下来的树枝擎起
果树啊,不要惊慌地喧嚷
山风一霎时就会过去
而你们,仍将雍容而恬静
沐浴在夕阳里……

1956年9月

昨夜一场大雾……
——冬日晨景

昨夜一场大雾
楼房啊、街道啊、树木啊
都被密层层地蒙住

今早推开门,忽然眼花——
满城是银白色的房屋
银白色的树

朝阳早已把夜幕掀开
空气里有无数闪光的微粒
缓缓地飘摇着飞向远处

行人像走在清明的海底
树木在阳光里像一簇簇珊瑚
装饰着水中的路……

1957 年 2 月

树林里那么多好朋友

树林里那么多好朋友:
质朴的山榆、固执的橡树
愉快多话的白杨、
挺拔英俊的红松……
它们亲密地聚集在一起
友好地搭接着枝叶
有时长久地娓娓交谈
近旁的小树也凑过来倾听
有时突然爆发了争论
吵闹声惊动了整座的森林!
风平后依旧和爱地相处
永不互相猜疑,也不互相记恨——
干旱时,它们用根须互送着水分
严冬,用躯干互相遮挡寒风……
啊朋友,愿我们珍重友谊
也像它们!

1957 年 5 月

山洞，山洞，山洞

山洞，山洞，山洞……
车窗突然黑暗
突然又耀眼的光明
火车高声地呼喊

火车在长白山里前进

山洞，山洞，山洞……
车轮有力地跳跃
发着钢铁的响声
整座山岭在微微颤抖
满山的树木都簌簌振动

山洞，山洞，山洞……
火车在穿山越岭
在山岭的胸腔里疾行
世界的改造者自豪地前进
处处把前进的道路打通！

1957年5月山中车上

湖上短歌(三首)

湖上早霞

每天,每天
当东方微微透出白色
四只小船——一个渔民小队
就急急地操着桨
穿过淡青色的雾
向湖心进发

队形渐稀
小船在湖面上散开
拉网吧,拉起昨夜撒下的网
好沉重的网啊——
鱼在蹦跳
网绳在抖动
渔民在笑
东方出现了美丽的早霞
霞光在扩展、在张大——
多么快乐的彩色啊
在湖面上闪耀

在船上、网上、欢跳的鱼上
在桨上、水上、人们的笑脸上
这清晨的一切啊
都溶进了灿烂的早霞

1957年6月松花湖边

湖上的雨

急雨踏着细碎的脚步
带着一阵凉风扫过湖面
满湖是急切的雨点!
湖面上腾起了一片白烟
再看不见岸边的石崖
　　崖上的树、树后的青山
风,一阵比一阵紧
快,快扯下风帆,操起双桨
划呀,划,在急雨中向前!

浪,满湖的白色的浪
好像厚大有力的手
一次又一次扑向船边

浪,用它那难懂的语言
　　　在威吓、在劝说、在蛊惑
在炫耀湖底的美妙、水中的温暖……
但我们挥桨如飞
小船在浪头上飞跃
冲破雨的墙、雾的帷幕
乘风破浪向前!

　　　　　　　　　　1957年6月18日湖上

傍晚

晚霞染红了半个湖面
湖水多么静、多么平
鲤鱼欢跳着,带起水花
湖水发出清脆的响声……

一只小船在湖心旋绕
双桨像鸟翼,轻快地划动
小船在画着一个个的弧形
网要下得均匀、下得轻——

人们每天在晚霞里撒网
明天在早霞里获得收成

1957 年 8 月

落叶松

一位老人,手扶着落叶松高大的树干说
"看,多好的桅杆!"

我忽然觉得莽莽的树林
刹那间变成滔滔的海水
高耸的树梢微微地倾斜
像无数面旗帜猎猎疾飞
排排巨浪迎面扑来
呼啸着一齐在船头撞碎
威武强大,在树海上行进——
祖国无敌的绿色的船队……

林中空地

无边的原始林神秘而森严：
没有明媚富丽的阳光
没有草地，也没有清泉……
我们艰难地移动着双脚
突然，四周明亮起来
一片空地出现在眼前——

啊，美妙的林中空地
山禽野兽们聚会的地方！
阳光，像一把透明的绸伞
支撑在头顶
又像一幅挑花的台布
铺展在鲜绿的草地上

活泼的白桦摇摆着身姿
为我们的到来衷心地欢喜
灌木丛在让路，小溪在奔忙……
啊，伙伴们！
快坐下来，卸下行装
伸开两腿，痛快地躺躺！

捧饮着清凉的溪水
咀嚼着无比香甜的干粮
我们计算着路程,推测着方向
再见了,我们的林中空地
你在我们的心里
永远是一块亲切的地方!

> 1957年6月长白山中

松针

松树总是迎着风雪生长
小小的松针挺脱而坚韧
它总是不断地更新着自己
一根脱落,一根悄悄长成
犹如披一身崭新的战袍
严寒过后更加郁郁森森

而你,走遍祖国高山大川
叩问陡崖石壁,筛选砂粒微尘
为祖国寻找瑰宝奇珍
你深深涉入书籍的丛林
砍伐着绊脚的草莽荆棘
为后人开辟可以通行的路径……

当我看见你,不经意地
拂落衣袖上的根根白发
我想起了那崖边挺拔的松树
我懂得了你为什么永远年轻
——因为你从来无暇顾及自己
只有无私的战斗者才永葆青春!

第一个黎明
——写给女儿

从产院出来
外面是青灰色的黎明
在门前的台阶上坐下
努力平息激动的心声

院边的一排排小树
在广阔的天幕上微微振动
小树的枝丫中间
闪耀着几颗小小的星星

远处已经有电车在奔跑
明亮的窗子急速地闪过
又一个可爱的日子
走进我们心爱的城

这时那刚刚诞生的孩子
可已能睁开她小小的眼睛?
从小床上侧头望望窗外吧
认识认识你的第一个黎明

愿你张开花瓣般的心房
迎接每一个带露的黎明
愿你在第一片新的星光里
力量和智慧迅速地萌生

1957 年 8 月

秋雨

秋雨,疏疏密密——密密疏疏
秋雨,好像我的思念

那盘山公路该又滑又黏
汽车轮儿在原地空转

那山下的小河该已涨满
单薄的木桥也许已冲断

哎,你的信也许正在路上
在路上,来不到我的手边

也或许你根本不曾写信
是这雨撩起我一些儿烦乱

你是否也望着这扯不断的秋雨
思念着你和我不尽的思念……

孤独的星星

黝黑的山峦,山峦
那上面是无底的夜空
透过车窗迷蒙的雾气
我看见一颗孤独的星星

孤独的星星,为什么
你一直跟着夜车移动
为什么你一直望着我
用你那深情的眼睛?

你孤单地漫游着在找寻什么
是故乡,是伙伴,是往昔的欢乐?
又不停地叙说着什么
用你那轻柔细弱的声音?

哦,既然我们已互相发现
就让我们结伴儿同行
这小小的光点是如此珍贵
在心头种下一片光明

我看见你伸出洁白的手臂
一直伸到我的眼前
我也遥遥地递给你我的双手
递给你我心里最忠实的友情

        1957 年

夜雨

夜雨敲打着屋顶
敲打着某个地方
固执地、固执地在呼唤
你的名字——我的名字?
苦苦地、苦苦地追索着
那遥远的欢乐与隐秘的创伤
为什么,为什么,为什么……
你和我谁能够回答?
心房的某个角落
只有雨的叩问——雨的回响

1957 年

1958年除夕赠内

其一

一年又一年,时间
像流云在疾飞
青嫩的初恋才过去多久
我们的男孩已经三岁

你可记得,小女儿
头一声哭喊是多么憨阔
如今她张着小手拍打着窗子
惊喜地望着雪花飘落

我们在一起时的时光有多么少
短暂的相聚,长久的别离
可时间、空间都无法把我们分开
亲爱的,我们的心时刻都在一起

不管是严冬,还是盛夏
无论我在哪里行走,在哪里住下
我的心总是向着你跳动

坚贞的妻子,年轻的妈妈

我知道你的生活充实而愉快
有书桌的阳光、女矿工的友爱
但我总是要寄给你我的祝福
愿你心头永远有鲜花盛开!

其二

愿你步履矫健
愿你体魄刚强
不管风雨零落凄迷
你都能辨明方向

愿你心头的火焰
永远炽烈明亮
把我们深爱的一切
在那里仔细珍藏

假如我在你身边倒下
伸给我——你温暖的臂膀
假如我无力站起

请跨过我,奔向前方

只要那爱的火焰不曾熄灭
只要它燃烧在你的心上
我就将永远伴着你前行
我的足音一直在你的近旁

我们多像星星

我们多像星星
各自沿着自己的轨道运行
即使相距亿万光年
也能清楚地互相辨认
——那只有我们懂得的语言
　　我们色彩独特的光轮

不能让自己脱离轨道
不能从彼此的视野里消隐
八月的流星雨无法把我们隔断
不测的雷暴也无法使我们离分
——运行着歌唱着不停地召唤着
　　我们都觉得是如此地亲近

1958 年春

早霞（二首）

早霞

早霞，早霞
金丝彩线刺绣的图画

变幻的图案美丽而多彩
——我们的希望、我们的未来

一针针都是我们的心血织成——
用劳动的热忱，爱的坚贞

每天迎着早霞开始工作
心头充溢着幸福与欢乐

1958 年夏

我的早霞

无论我踏进深山丛莽
无论我远在海角天涯
清晨,我总是翘首眺望着你——
早霞,我的早霞

有时四野是蒸腾的雾气
听不见风也听不见鸟儿叽喳
可我仍旧固执地寻见着你——
早霞,我的早霞

你恬静欣悦的光辉
向我的心田轻轻洒下
希望和力量在破土萌芽
早霞,我的早霞

望着你,我不再迷惘彷徨
我振奋,我拔步进发
心儿和脚步都朝向着你——
早霞,我的早霞

1958年夏

夏天

匆匆地，匆匆地
已经过去了二十五个夏天

夏天，我曾在故乡的泥塘里玩水
夏天，我曾在京城里捧读书卷

夏天，我向你奔来又匆匆离去
夏天，我长久地在骄阳下挥汗……

有多少个夏天我们不在一起啊——
你在松花江上，我在遥远的海边

你戴起阔边草帽在乡村里奔走
我身边是共同劳动的伙伴……

亲爱的，让我们把各自的工作做好
让我们把应走的道路一步步走完

最后我们终将永远在一起
迎接一个又一个灿烂的夏天！

1958 年夏

宁静的夜

宁静的夜
在延展、伸长
隔壁的时钟,已是第三次
敲出单独的一响

从耕过的田垄间
从走过的道路上
从昨天的记忆里
我拾取思想和诗行

一夜无眠
头脑工作不息
宁静的夜
迎来金色的晨光……

1959 年

60年代

云与晚霞

乌黑的云团,云团
向东,一直向东
云团里有闪电急速穿过
传来隐隐的雷声

顾不得风声和雨滴
在耳畔、在身后不息地纠缠
我久久伫立在旷野上
注视着宇宙深处壮丽的风景

在乌云和大地中间
蓦然间泛起一抹微红
怔忡后我才懂得了这是晚霞
如愁思里透出灿然的笑容

晚霞在延伸、扩展
含蓄而宁静
就像一个美好的预示
让希望在心头悄悄萌生

1960 夏

雁叫

夜空里隐约约传来雁叫
一声声，一声声……
低低的，那么文弱而羞怯
却把我立刻从沉睡中惊醒

在星月的清辉中悄悄数点：
一只，两只……整整二十七只
　　（恰好和我的年龄相等！）
可我的队伍、我的岗位在哪里？
我的年年月月、我的亲密伙伴
可还能列出如此严整的队形？

雁群啊，什么也不回答
　　（也许回答了我无法听懂！）
你们久久地盘旋低回
在找谁、唤谁与你们同行？

雁群远去了，远去了
我只能站在这目送、倾听
那叫声低低的，文弱而羞怯

可是又警惕而坚决
互相鼓舞又互相催促
继续着遥远壮丽的飞行

在哪里,我的翅膀——我的勇气
还能不能乘风飞上高空?
在哪里呀,我的嗓音——我的激情
还能不能唱出那震颤心弦的歌声?

1960 年

雨滴

在那个命定的日子,当我们决心
把彼此的命运永远联结在一起
我们并肩默默地走上街头
天空洒下细碎的雨滴……

多少年过去了。我们的头顶
有过风和日丽的中午
也曾有风、雪、闪电和霹雳……

沉默——有时比语言会更深沉有力
我们仍旧并肩前行
我们仍旧默默无语

谁知道此刻头上这阵阵雨滴
可还是当年那些,我们是否相识?……
只知道:我们的心像当年一样——
永远地,永远地联结在一起

1960 年秋

流星

人说：在流星落地之前
急急地默念最好的愿望
那愿望一定能够实现……

今夜流星如雨
一颗又一颗坠落天边
抛出长长的闪光的弧线

望星空心头充满思念
我的祝愿比流星更急——
辛勤的劳动者健壮、平安！

1960 年

大月亮地

腊月十七八
大月亮地
明晃晃
雪亮亮
村子里静悄悄的
没有一点声响

只有生产队的马棚里
壮马,一匹挨着一匹
在槽头吃草
好牙口啊
咯崩咯崩,嚼着草料
打着响鼻
啃着槽帮……
那些不知安静的小马
在月光里东游西荡
捋几根苞米秸
扯一缕谷草
浑身挂上一层白霜

院子里
胶皮车、铁轮车
并排站着
车梯子高高地支起
绳套呀、套包呀
搭在车辕上
那车辕
微微地向上翘着
好像在召唤:
快牵马来
快套车
快奔向远方

远方
一条条大道和小道
暗蓝暗蓝的
蜿蜒、绵长
在召唤行人
召唤车辆
有谁在雪地里
急急地赶路
吱吱的雪声
从远处传来

是哪个领头人
刚开过会回来
要把什么振奋人心的消息
带给沉睡的村庄?

雪地的夜行人
头清眼亮
理想的火花
在他的胸中、在眼前
跳跃、发光
谁能知道
那激动着他急急赶路的
是些什么样
火花般的思想?

在这里
只有年老的饲养员
在院子里轻轻走动
添完草料
站在院心
向远处张望

三星偏西

北斗银勺朝上
大月亮地
白晃晃
雪亮亮
村子里静悄悄的
没有一点声响

可是一切都充满生机
车呀，马呀，人呀
在深深地歇息
在准备力量
就连院边的几棵小榆树
也把干枝子伸向天空
在呼唤春风
呼唤三月的阳光！

1961 年 1 月德惠

马蹄踏过急雨

大雨哗啦啦泼进梦里
大雨啊,又密又急!
侧耳倾听,山间路上
雨声中夹杂阵阵马蹄!

马蹄冲过雨声,
雨声压过马蹄
是哪里的风雨急使
急雨中沿山路飞驰?

猛想起白日听到的讯息——
开山筑路的人们出山告急
战胜狂风,抗击暴雨
山风传来了告捷的惊喜!

猛想起高山气象站长
是不是急雨打断了通讯联系?
可是他派了紧急使者
向山里报告风暴的进逼?

急雨声高,马蹄远去
骤然间转作声声汽笛!
开拓者驾驶强力的马达
风驰电掣,所向无敌!

大雨泼响在山间路上
摇撼树木,把大地洗涤
风雨中多少激扬的思绪
高飞向前,前进不息

1961 年

河

问遍河边的青年男女
没有人知道这小河的名字
只看见人人喜爱这小河
天天来这里淘米、洗衣

只听说转战白山的抗联
激战后曾在这儿小坐歇息
在这急流中饮过战马
手捧清波把征尘冲洗

抗联的红旗倒映在水上
像一团烈火燃烧在河底
那旗影永留在清波里面
日夜燃烧,熊熊不熄

从此这小河就永不结冰
数九寒天升腾着白气
从此这小河就永不干涸
淌不尽蓬勃的青春活力……

那丹心壮志在河水里奔流
流注在千百万儿孙的心里
有时候你细看粼粼的水波
还看得见随波招展的猎猎战旗

1961年8月

树叶

一片树叶
轻轻地、轻轻地落下
落在我的肩头
像友人的手
悄悄地一触
提醒我:
已是初秋……

已是初秋
已是收获的时候
树叶像金片
头发也夹杂了银丝
果实呢——可有几个?
仔细地找一找吧
到了收获的时候

1961 年秋

70年代

是谁说……

是谁说你的春天已经过去
是谁说你的心已经冰封
——无论是别人、还是你自己
无论你耳边怎样嗡嗡嘤嘤
好朋友,你都不要相信,不要听

越是那哇里哇啦的
　　　爱吵闹的小河
越经不起寒冷
而那深沉有力的河流
它的内心永不冰冻
多厚的坚冰也如同铠甲
保护着冰层下生命的流动

难道因为夜稍长一点
你就忘了美好的清晨
不管冬天有多长、多冷
紧跟着它的必是新春
这个春天将格外美丽
灿烂而光明

那时，你终将卸掉重负
排开坚厚的冰层
摇摆着你的短发
那上面缀满鲜花
啊，什么也不能抑止你
欢乐的春水奔腾……

1973 年

在生命的长途中……

在生命的长途中,不管我
　　遭遇到什么
我的心底深处,总有一个
神圣而光明的角落

那里有我最珍爱的一切
——我的亲人、我的祖国
不管是怎样黯淡的日子
它总是照亮我的道路、我的生活

有时我也会疲倦
也会踌躇、迷惑
亲人啊,请伸出你的手
帮助我爬上陡坡

只要有你在我旁边
只要有你温暖的手
亲人啊,我的心头上
就永远燃烧着生命之火

请给我勇气、给我力量
请伴着我大踏步赶上生活
有了你,我将永不掉队
永远和战友们并肩前进
——用我的笔、我的诗歌!

1973 年

寻觅

远离开心爱的城市
丢下些揪心的记忆
只希望心头稍稍宽舒
只希望渐渐淡忘了你

哪知道,全不如此

无论是走过皑皑高山
无论是走过茫茫雪地
我的眼睛、我的心
到处寻觅着你

在小镇的街道上
在密集的人群里
我苦苦寻觅,寻觅着你:
亲爱的,你在哪里?

明明知道你还在那个安静的角落
娴静而端庄,在默默沉思
我却枉然地满世界寻觅

寻觅啊,寻觅着你

你在哪里,在哪里?

找了多少年,才把你找到
你却一声儿也不回答
没有一点儿温存
没有一点儿应许

我找寻的是什么
　　——为了什么?
是不是我认错了人儿
是不是我一时陷入了痴迷?

找了多少年,才把你找到
我不能轻轻地把你放弃
我只知道:要生活
再不能没有你!

1974 年

不要说话

不要说话,不要唱
不要写诗,也不要想……
就这么静静地坐一会儿
让带着冰碴儿的山泉
在我们心头流淌

不要谛听,不要审视
也不要去记忆……
就由它,由着那冰和水
清冽的欢悦和惆怅
在我们心头冲撞

1974 年

秋

别相信那些颓废的诗人
说秋天如何凄苦悲凉

我们在秋天里相识,深知道
秋天有多么灿烂的阳光

大地上的生物在成熟、结籽
人也更加沉着、坚强

我们在秋天里相识,我们的爱
在冬天里一样抽芽、向上

再过几个春夏有什么要紧
就让我们的爱静静地生长

在我们生命的金色秋天
爱的果实只会更丰满、辉煌!

镜子

当人,第一次在泉水中看见自己
该是怎样惊奇:
蓬乱的头发,泥污的脸
两眼迸射野性的狂喜

镜子要擦洗才更清晰——
铜镜要细细打磨
玻璃要轻轻拂拭
连泉水也要拨开那落叶和枯枝

挂一面镜子在眼前
时时把自己严格审视
让自己的身姿、面影和灵魂
保持健康与美丽

种子

种子埋进泥土
是它理想的归宿
大地养育着它
又对它悉心保护

一颗真正的种子
包含着完整的生命形式:
有根、有茎、有两片叶子
在阳光和雨水中总要萌出

只有那徒具外形的空壳
才会随风飘走
只有病入肌肤的籽粒
才会无声地腐朽

种子埋进泥土
是它再生的道路
不应为它恸哭
应该为它祝福

琴

是风丝,是雨点
拨响了那墙上的琴
吐一声深长的叹息
如醒后的呻吟

江水脱去身上的冰壳
你抖落多年沉积的灰尘
醒来了,琴弦
醒来了,手指和这颗心

怯生生几声试探
浪头从岩石上跃起
歌啊,在琴弦上流泻
飞溅着生命的欢欣……

1978 年

窗

机窗旁
望无边云海茫茫
车窗旁
看起伏波动的山冈
舷窗旁
听海涛不息的激荡

我散开心灵之窗
让胸中涌进生活的声浪
伐木声、锻铁声、播种声……
组成壮美高亢的交响
充溢的激情汹涌奔突
要冲开闸门放声歌唱

蜡烛

人的生命若是蜡烛
就应该两头一齐点燃[①]
每一根神经、每一个细胞
都放射光亮,迸发火焰
啊,即使只能活短短的一瞬
也要做出最大的贡献……

1978 年

[①] 罗莎·卢森堡的话

时间

——在清晨或静夜我常常听见……

清脆的马蹄声犹如钟表
滴答滴答地计算着时间

绵密的钟表声活像马蹄
嘚嘚叩响着奔驰向前

滴答滴答——声声在催问：
你为祖国做了些什么？

滴答滴答——声声在催促：
哪里有理由疏懒消闲！

滴答滴答——声声在召唤：
多少同伴已远远走在前面！

猛抬头，看时间大道上
勤劳的汗水印迹斑斑

是马蹄是钟表还是心跳
命令我急速地披挂上前……

1978 年

成长

来到世上,第一个任务是成长
嘴唇寻索乳头,吮吸乳浆
手挠脚蹬,大叫大嚷……
成长——积蓄战斗的力量

当你矫健地击水冲流
当你在书本中勇猛闯荡
当你第一次捧出创造成果……
你两眼迸射瑰丽的星光

即使满头白发,脚步踉跄
也必须保持这新鲜的渴望——
时时感到肩上的重任
学习,创造,前进在路上

1978 年

松针

青松,永远挺拔高耸
一簇簇怒张的松针
承受阳光雨露
抵御霜雪寒风

每一根小小的松针
都是全身树液滋养长成
好似点点黄金铸就
落地时也铮然有声

啊,朋友,愿我们永远刚直坦荡
永不为些微得失而愁肠百结
每一根白发都意味着生长成熟
每一根白发都记录着劳动的忠诚
愿我们的腰杆永不弯曲
青春壮志永不凋零!

1978年4月

给探索者

你在书的海洋中遨游
倾听着海洋深沉的呼吸
你跟波涛交谈,跟它们争论
昂首迎接一个个浪头的冲击

你果决地旋身潜入海底
长久而沉着地寻索着真理的珠粒
当你手托宝藏,拍浪升上水面
眼睛里迸射着怎样的狂喜……

你双臂高扬,分波破浪前进
任何狂风暴雨、黑夜漆漆
都不能使你沉没,使你迷失方向——
前面,有灯搭之光指引着你

1978 年

棒槌雀

你可曾听过这奇异的雀叫
在深夜,在清晨,在漫长的中午

两只雀发出不同的叫声
一个叫:王干哥——一个叫:李五——

两只雀永远见不着面
不停地呼唤,不停地追逐

一个刚刚来到林边
一个已飞向密林深处

王干哥——王干哥
一声声揪扯着人的心肠

李五——李五——
一声比一声更急切、凄苦

传说这是一对年轻的伙伴
搭着伙闯关东找一条生路

相约着挖几苗宝贵的人参
再结伴回老家侍奉父母

谁承想深山里互相走散
你喊我我喊你迷失了道路

耳听着喊声可越追越远
眼望去只有无边的大树

喊啊喊啊，力气尽了
喊啊喊啊，树影模糊

从黄昏喊到月落山后
从黎明喊到月儿又出

两兄弟变成了两只山雀
仍然在一声声不停地招呼

一声声响彻深山老林
一声声血滴、一声声泪珠

几百年过去了，还在呼唤

到底也没能找到一处……

如今这深山里洒满了阳光
山里人找到了自由和幸福

你们该见面了，悲哀的鸟儿啊
唱一支新的歌把欢乐倾吐

可它俩再无法懂得这一切
仍然在不停地呼唤和追逐

一声声揪扯着人的心肠啊
一声声王干哥——一声声李五——

构思于二十世纪五六十年代
1978 年重写

心歌
——悼一位战友

其一

想着的总是三十年前的你:
高高扬起的军帽,褪色的军衣
一条宽皮带腰间紧系
皮带上挂着你的武器

我们的武器是竹板和喉咙
在行军的路上,在临时营地
在山坡上,在场院里,我们时时高唱
战士们高呼口号,举枪宣誓
我们无敌的军队如滚滚的怒涛
向南,一直向南,把蒋家王朝冲垮,荡涤!
我们是洪流中两朵小小的浪花
在波涛里并肩前进,迸射着兴奋与欢喜
于是我们又并肩歌唱
天安门上鲜明耀眼的五星红旗
歌唱领袖部署的一个个新的战役
我们劳动与建设的无穷胜利……

在行军路上,在战斗中
我一次次跌倒、掉队、迷失路径;
同志们拉我起来,交还我武器
我时时感到左侧有你的肩膀
我们仍然并肩行进
在庄严的战斗行列里
可此时我左侧空虚,
战斗的伙伴,我到处把你寻觅——
走进热烈的会场,我四下找你的座位
听一句惊人的妙语,我去拍你的衣袖
遇到疑难,我回首跟你计议……
才发现你不在身旁,不在这里!

你应该在,应该在战友中间
在这里看齐、报数、手执武器
你应该在,应该在我的肩旁
时时给我指点,给我激励
我们还像三十年前一样勇敢地
呐喊,歌唱,向敌人发起新的攻击!

其二

我没有泪水哭你
喉咙里没有声音
嘴边上没有话语……
愤愤的眼泪你从来蔑视
我也早已耗光了那种液体
泪水泡软的骨头
恶鬼们嚼起来省牙
咽下去更没有声息
嚼着,咽着,它还会骂着:
"呸!没筋没骨的东西!"

在重压下,一切都迅速浓缩:
话语——变成沉思
声音——变成缄默
而泪水——变成了火。
沉思的火,缄默的火
没有烟缕,没有光焰的火……
在心里闷闷地烧着
火会炼出什么?
火——把生铁炼成钢
火——把纯钢铸成剑

剑，仙人掌般须发怒张
一丛丛寒光闪烁！

终于等来了这个日子
满天满地是灿烂的鲜花的雨滴
泪，如瀑布般倾泻
还有唱不尽的歌，说不尽的话语……
清冽的泪，来给剑淬火呀
让千万口剑更明亮锐利！
光明的雨，欢乐的雨在剑锋上淋漓
看恶鬼们往哪里藏匿！

我这才能痛快地哭你，喊你
把心底的话儿说给你；
可这一切喷涌而来
声音哽在喉咙里理不成歌调
话儿挤在嘴边连不成语句……
我只能把一捧散碎的泪花捧献给你！

1978年4月 梅河口—长春

稻

你最早的芽儿是白的
白得像婴儿的牙齿
随后才绽开两片淡黄的小叶
那叶儿由淡黄变成了淡绿

绿色的叶子,密丛丛的
那是你细长的手掌呀
它们总是伸着、扬着、舞着
接受着阳光和雨滴

密丛丛的翠生生的叶子
那也是你的新衣
在风里摇,在雨里洗
永远是崭新崭新的

稻花扬过,结了果实
绿叶间挂满串串的稻粒
你换上了金黄金黄的衣裳
在阳光中端庄而美丽

太阳注视着你
管水员阿爸依注视着你
阳光和目光一样灼热
一样地满含着欢喜

1978年秋延边

初冬的河

初冬的河,一条又一条
急匆匆在车轮下闪过
水晶的镶边咔咔地响着
白银的波浪欢快地跳着

想必是在寂静的深夜
冰层开始悄悄地冻结
当黎明,波浪鼓噪向前
一次次哗响着把它冲破

因此那些水晶和白银
装扮起你来——初冬的河
你全身散发着清冽的寒气
脚步和嗓音——生气勃勃

嗨,初冬的河
想必是延边的大地
从你那里吸取着滋养
才一年四季美丽而肥沃

想必是延边人民
从你那里吸取朝气和力量
才不怕任何艰难
永远迸发着生活的欢乐

嗨，初冬的河
你清冽的寒气、脚步和嗓音
想必是悄悄流进了我的心窝
一路上在那里冲着，撞着

你晶莹的光亮
在我的眼睛里闪耀
而喉咙呢——我的喉咙
自然地涌出了你的欢歌

1978 年

竹马

其一

小时候,我们各自有匹竹马
有时一前一后
有时并辔向前
我们从天上跑到地下

摘最亮的星星,给我作帽徽
说我明天要去出征
捞最圆的珍珠,送你当耳坠
说你今天就要出嫁

看到多少奇珍异宝
我们大声地叫嚷
探过多少神洞仙窟
我们附耳轻声地说话

多少次碰到江洋大盗
我们机灵大胆,死里逃生
多少回离散又得相见

眼睛里闪着欢喜的泪花……

两鬓斑白,在故乡重逢
我们急切切去找那竹马
尽管叶子脱尽、梢头断折
也还要骑它去闯天下

你听见那星星的新的故事
可要最先告诉我
我看见那虫儿相爱的情景
也跟你说点悄悄话……

其二

你常常嫌你的马儿太瘦
抓住我的缰绳不肯松手
气得我嘟嘟着嘴
却不忍拒绝你的请求

我常常嫌我的马儿太慢
强夺你的马鞍
你恨得呜呜地哭

却总是跟着我向前

我们狠命地抽着马背
互相追呀追
直到满头热汗淋淋
直到跑酸了我们的双腿

如今竹马都已经太老
跑不了多远也跳不了多高
可我们谁也不肯歇息
还是要拼着命向前奔跑

各自抖动手里的缰绳
在想象的天地里驰骋
去经历那艰险和欢乐
去走完各自的途程……

所幸我们的童心还在
世界闪烁着更迷人的光彩
胯下的竹马也绽出新叶
放眼处处鲜花盛开

1979 年 2 月广州

海瑞墓前

椰树，你羽状的长叶默默低垂
在我头上、在耳边徐缓轻拂
细雨沙沙、我听不清
是你在倾诉、我在倾诉

他当年冒死向皇帝上疏
先备下棺木、遣散妻孥
谁知道犯下什么滔天大罪
无非是要为百姓减轻一点疾苦

平多少冤狱，救多少无辜
全不顾个人的浮沉荣辱
无非是因为逆披龙鳞
他一次次横遭放逐

在亲爱的家乡，他安歇了多少年
谁料想几百年后闯来一伙狂徒
挖出他铮铮铁骨，去游街示众
无非是想用亡灵压活人驯服

可你的英魂铁骨永留人间
空墓前时时有祭奠的香烛
椰树,你顿足捶胸,披发长歌
山峦和海涛也同声恸哭

哭几百年前的古人?
哭十几年前的今人?
椰树,你和我们一样清楚
风声喷吐着我们的愤怒

串串雨滴滚下长叶
又从我面颊上纷纷滴落
清凉又灼热,我分不清
是你的泪珠、我的泪珠……

1979 年 2 月 28 日 海口

水与火

就因为我们是古老中国的后裔
就因为我们都已一把子年纪
我们吐不出那么滚烫的字眼
让它在嗓门儿折腾不已

若是喷泉,再重的石头也压不住
它时时刻刻奔突不息
总有一天要撒漫天水珠
给我们搂头倾下一场骤雨

若是火,再厚的柴草也捂不住
它时时刻刻吐着热气
一股风就会煽起烈焰
任你焦头烂额也难于扑熄

若既是水又是火——岂不更可怕
那是地下的岩浆喷涌湍急
要喷就喷吧,喷出来
冲开地壳,把天地照亮
把我们也烧光

待它凝结了,我们就会同归于尽
而它将矗立于大地之上——
那就是爱的形状

风

漫长的中午
当轮船在茫茫远海上驰行
当甜蜜的睡意已消失踪影
当我苦苦地四下里搜寻……
忽然,有风从背后吹来
绕过我的旁侧
轻盈而湿润
抚过我的前额、我的眼睛

轻盈而湿润,风啊
多像你的手膀
当我闷了,当我倦了
搭在我的肩头
多像你的吻
悄悄地印在我的眉心
你把我肩上的重荷拂落
你把我眉间的皱褶熨平

轻盈而湿润,风啊
在海上、在心上

你飞快地编织着
快乐的波纹……

1979 年

上海——明亮的窗子

上海——一扇明亮的窗子
敞开着——向辽阔的海洋
中国不再是神秘莫测的洞窟
中国的一切真实而坦荡

我们来到上海——我们来自海上
我多愿意变成新鲜的空气和阳光
哪怕是细细的一缕
涌进这宽敞明亮的窗

码头上排列着美丽的集装箱
一列刚卸下,一列待装船
运进运出的有多少新的设备
新的收获和发人深思的设想

南海、东海、黄海和渤海
中国的窗门统统敞开
闪电般射进射出的
有多少祝福和期望的眼光

上海——一对热情的眼睛
注视着——向广袤的海洋
中国不再是愁苦疑虑的面容
中国的一切都明朗而欢畅

我们告别上海——我们驶往海上
我多愿意变成充满蓬勃活力的眼光
哪怕只是微微的一点点
射向那广阔无垠的海洋

1979 年 3 月上海港

神秘果

其一

分开树叶,你摘一颗小小的红果
告诉我:它的效用神妙——
吃下它,再尝什么都是甜的
我说我不要吃,不要

假如把一切都搞得甜蜜蜜的
岂不成了骗人的毒药
假如一切都是一个滋味
生活该有多么单调

我宁愿保持正常的味觉
让万物都是它本来的味道
辣的辣麻舌尖,苦的苦透肺腑
我坦然领受,决不脱逃

只有分得清真假虚实
才能保持清醒的头脑
时时尝得出苦辣酸甜

我了解生活的全貌

其二

一位同行的大姐接着说：

一颗小果有那么神奇
我不信，就是不信
我们早已尝够了
生活的甘甜和苦辛

甜就是甜，苦就是苦
美就是美，丑就是丑
不管你红的果、黄的果、绿的果
都休想麻痹我们

为了说出一点点真情
我们曾赔上身家性命
咸的泪水冲洗过的唇舌
只能把生活品味得更真

不管是一颗果，一滴蜜、一杯酒

不管是多么神圣的谎言

都不能蒙蔽我们——

无论是舌头、眼睛,无论是心!

1979年3月2日兴隆华侨农场

船的语言

船的语言是鲜明的
——在波动的海面
那是旗在舞动
旗——是语言

船的语言是响亮的
——当雨雾弥漫
那是汽笛在鸣叫
汽笛——是语言

船的语言是光明的
——当夜色无边
那是灯光在闪
灯光——是语言

海上有晴日,也有雨雾和黑夜
你们以战斗者炽热的语言
互相指引又互相呼唤
胜利地闯过多少恶浪、险滩……

啊，船长，收我当一名水手吧！
请准许我跟随你上船
我要学你们生动有力的语言
学你们对胜利与忠诚的信念！

1979年3月21日于"柳林海"号上

炉火

一回回粉碎、一回回筛选
　剧烈的撞击、振动
一回回冶炼
　一刻刻更炽烈的高温
为的使品质更纯

一次次浇铸
一次次轧制
　爆出千点万点金星
为的使性格和能力成型
——成为一颗颗螺丝钉……
固定在哪里,就在哪里生根、矗立
默默地承受压力千钧

人生之路何尝不是如此
撞击、筛选、冶炼哪一阶段不曾经历?
那些杂质和碎屑
　也会飞出水花和光亮
但终将消失踪影

只有纯钢才永不变形

使铁塔保持挺拔

使刀剑具有利刃、锐锋!

远望
——题一幅托斯泰描

雅斯纳雅·波里雅那
暮色苍茫
在荒凉的古道上
一位老人在极目远望

宽大的衬衫和雪白的长鬓
随风飘荡
你微微地伛偻着身子
固执地在寻觅,在眺望

你害怕回头看你的庄园
——俄罗斯那腐朽的泥塘
你要毅然地拔出脚来
要走向那自由的远方

你看清了身后的黑暗和罪恶
你憧憬着面前的光明和希望
你焦虑——亿万俄罗斯人在焦虑
你彷徨——亿万人跟你一样彷徨

就在你下定决心那一刻
你断然斩断绊脚的锁链
你远远超脱了旧的一切
虽然你还认不准未来的方向……

普希金的眼睛

你的眼睛,有时候
像冰霜一般冷峻
当它扫视喧嚣的大厅里
那一张张说谎谄笑的嘴巴
那一列列淫欲横流的面孔
那一对对疯狂旋转的人形

你的眼睛,有时候
像火焰一般炽烈
当它注视着西伯利亚矿坑的底层
注视着做苦工的十二月党人弟兄
你看见那镣铐上淋漓的鲜血
转瞬间化为剑——锐利而光明

你的眼睛,有时候
像泉水一般温柔
当它饱看俄罗斯娴静的白桦林
当瞥见一位少女匆匆走过的俏影
当诗的幻象在眼前出现
当你望见了祖国未来美妙的远景……

透过时代丝丝缕缕的云烟
透过无尽的雨雪风暴
你的眼睛，像星星
从未曾幽暗朦胧
一直在闪动，闪动
在我的眼前——在我的心中

岁月

岁月的风……并未能
把那根感情的游丝吹断
——也许它断过又重新接起
　　也许是刚刚接起尚有余温
它还是那么纤细而透明
反正它联结着我们的心

岁月的尘埃……并未能
把那一点点火星闷死
只要再吹它一口气
——只要轻轻地轻轻地一口
它又会发红发亮
它又会重生

岁月那粗粝的石头……并未能
把感情的锋芒磨秃磨钝
它也许更细更亮更纯
当我们悄悄地走近
它还是那么尖锐
尖锐地刺着彼此的心

风搅起尘埃、砂石
骤雨般劈头盖脸打来
可我们并没有倒下
并没有停住脚步
也许就是为了这——
这默默相对的时辰

1979 年

清澈

听着你安详的嗓音
我想着一个字眼:清澈——
清澈得有如一泓泉水
静静地流过我的心窝

我心里那些骚乱的思想
那些日夜喷吐的烟啊、火啊
全都哪里去了?心头上
只感到你清澈的微波

你清澈的声音、清澈的目光
对于我是多么亲切
我只愿永远这样听着你、看着你
一秒钟也不放过

你清澈的思想、清澈的性格
对于我是多么珍贵
但愿在今后的余生中,它能够
鼓舞我勇敢地工作和生活

小诗片片

不成花束
也不成花环
只是山野间随手采摘的
一些零枝散片
我把它交付给,给你——
松花湖澄碧的微澜

假若遇到鲜丽的花瓣
我羞惭——却也欣然
假若被大小鱼儿所吞食
是我的福分
假若它腐朽而能肥水
我也心安
假若它随波而流入江河
愿它带去我对友人的绵绵思念
假若竟有人不顾它脏而且丑
伸手捞起来珍藏
我将久久汗颜

清澜港
——赠友人

港湾里是清澄碧透的海波
对岸是翠绿明亮的椰浪
一霎时椰浪拍击着海波
转眼间海波又去推动椰浪

啊,朋友,正如你的诗情激起我的诗情
我听到彼此的胸中汹涌激荡
天光、水色和我们的诗情
闪烁交映,迸射着璀璨的光芒

1979年3月2日晨

贝

大海无比慷慨
一个又一个浪头
把珍宝给你送来
花的螺、紫的贝、白的珊瑚
在沙滩上闪着异彩

它又是吝啬的
若是你懒惰而贪婪
当你正在潮水前发呆
它立刻双臂拢起
把宝贝全部收回大海

朋友,当我们捕捉诗句
是不也正是如此
当灵感的光点刚刚闪现
就要一下子抓到手里

如果你稍稍迟缓、犹豫
刹那间它就全部消逝……

1979 年 3 月 3 日鹿回头

汉代船坞

这里不是沉船
是消失了的海岸
岸边曾有热闹的船坞
有斧锯之声、工头的呼唤
一只只大船从这里下水
激起壮阔的波澜

石化了的黑黝黝的木桩
那两排长长的滑板
展示出船体的宏大规模
锈蚀的锛凿,木制的船钉
更有狰狞的刑具
述说着劳动的豪迈与艰难

海岸后退,船坞沉没
在历史的波涛中深藏了几千年
仔细地掘开厚厚的沉积层
不为打捞珍宝文物
不为把往昔的情景再现
从过去的起点,定今日的起点——

开创崭新的历史
驶出崭新的航船

1979年广州

潮

就像是大海深沉的呼吸
你准时地到来——准时地退去
准时地退去——又准时地到来

我们可能够如此规律地工作
可有这样坦荡的胸怀
可具备这样充沛的爱

不为任何干扰所左右
全身心倾注于主要目标
无尽的激情永远在胸中澎湃……

1979 年春

山野的风

山野里永不安静的风啊
把树木一棵棵摇撼
扬起那些枯枝和败叶
让它们向天边飘散

既然是干枯了的
就让它折断吧、飞去吧
那颤动的树枝的梢头
簇簇芽苞正在开绽

一束束嫩黄嫩黄的毛毛狗
敲打着蒙土的车窗
急切地跳着,喊着
报道着春天……

1979 年春

奔波者的恋念

我曾经苦苦地恋念你:
诗歌——爱情——青春……
当我在茫茫的夜的旷野上独行
远远地有一点火光在闪烁
我以为那是你为我的呼唤点起的灯
我狂奔而去,它却愈来愈小
直至无影无踪

一次又一次,我惊喜,我狂奔……
但一次又一次闷声地扑倒在地上
当裸露的头颅与岩石相撞迸出火星
把我积蓄心头的恋念与诗歌统统烧尽
我解脱了,我不再追寻你
我不再背负对光明和爱的期望
我独行

当漫漫长夜后的第一线晨光照临
我怯怯地叩开你的门扉时
你自然已认不出这奔波于世上的老者了
我不是来乞求,更无权索取什么

只俯首道谢而去：这谢意是真诚的——
我惊喜地发现：心头的诗芽又在萌生……

1979 年

握手

这一来自远古的礼仪
本来是要摸清对方有无兵刃
迅速决定抵御还是欢迎

如今在微妙的外交场合
是审慎地互相估计力量
在辨识着朋友还是敌人

有的是虚假殷勤的客套
有的是真挚好客的热诚
有时传递着的,是初萌的脉脉柔情……

1979 年

大地

大地
对勤劳的人从不吝啬
给我们水、果子
和亮生生的谷粒

我们祖祖辈辈
用汗水浇灌着它
就给它泪水和欢笑
甚至我们的血肉之躯

可一伙伙恶人
只想把它强占
用爪子刮它、用牙齿啃它
使它干硬而贫瘠

一切都啃光了
它们还扯起嗓子嚎叫
诅咒大地的惩罚
哀号着自己的末日

勤劳的人
对大地无限爱惜
除尽恶人,努力耕耘
人和大地充溢着活力

把我们全部的智慧和勇敢
都给大地吧
让我们的大地母亲
丰饶而美丽

1979年10月

道路

高高的山峰,深深的沟壑,
仿佛是大地眉宇间隆起的皱褶,
亿万年来斗转星移,
有亿万个问题引起思索。

但思绪总有舒缓的时候
原野渐渐地平坦而开阔,
犹如恬静无忧的心情,
出现了一个个幽蓝的湖泊。

可我凝视着盘绕山峦的道路,
却觉得这才是人类大脑的沟回,
辟丝绸之路,开云蜀古道,
万里途程展示着勇敢与智慧。

当我们凿通隧道、高架飞桥,
各民族的心曲在交流融汇;
在不断地奋斗中获得自由,
人类在宇宙展翅高飞!

向往

我向往
一切尚未到过的地方:
笔立的山,深广的湖
辽阔无垠的海洋……

云中的山巅可有雄鹰盘旋
湖波间可有鱼群遨游
海浪上可有巨轮发出喧响?
鹰和鱼和航船的身影
　　　在我的心中翱翔

我向往极地的凛冽和晶莹
我向往原始林碧波的激荡
我向往深海下游动的磷火
我向往遥远天体闪闪的幽光

我向往
未知的世界中未识的人们
他们的劳动和创造
他们的艰难困苦、忧愁和热望

即使身处险境，即使面对困厄
最能唤起面对的勇气
而强大凶恶的对手
最激发心底的智慧和力量

我向往真挚的友谊，深沉的爱
生活因它而灿然生光
我向往暗夜里跳着火苗的眼睛
我向往风暴中热烘烘的同伴的肩膀

假如连向往也消失了
心灵该多么贫乏、无望
科学和诗歌都将死亡……
我向往一切美丽的向往

1979 年

秋色

延边的秋色是鲜明的
像一幅精心点染的画卷——
如洗碧空下是青苍的山
山脚下绕过澄澈的泉
山坡上下的落叶松林子
撑开了千万把金色的伞

橡树辉耀着深红的秋装
三三五五攒动在金伞旁边
田头上大片大片的红茅草
高挑着白色的羽毛在风中摇闪
排排稻垛组成金色的高墙
打稻机前金色的瀑布水珠儿飞溅……

明亮的大道上飞来一辆自行车
火红的头巾如信使的火把,一往直前
是乡村邮递员,
把农业现代化的美好喜讯飞传……
啊,这才是画家的神来之笔——
画幅上立刻充满了生命的火焰!

1979 年

吉林陨石

其一

是哪个星球,在运行的轨道上
突然发生了偏离
和谁相撞,竟轰然爆裂
向地球洒一阵灿烂的星雨

骤然的星雨,该没有伤害
那勇敢的航天者的肩膀吧
也许竟为他照亮了星际的道路
如嵯峨的崖头上熊熊的火炬

千斤陨石——阵雨中的一滴
为我们带来遥远天体的消息
每一颗粒都以亲切的语气
讲述着宇宙无穷的奥秘

其二

爆裂着,呼啸着,喷着火
横空飞来你天外的豪客
路上急切地说着嚷着
那语言明亮而又炽热

可今天在肃穆的大厅里
你却出奇地矜持而沉默
惊叹的嗓音赞美着你
探求的眼光把你琢磨

你是在消除旅途的劳顿
还是在回忆星空里的生活
大家在等着听你的故事
我们亲爱的星际的使者

其三

在那遥远遥远的星空里
你和许许多多的兄弟姐妹
辨认过一个个美丽的星体

赞赏过地球柔美的光辉

当你勇敢地飞向地球
它们都洒下晶莹的泪
而每当夜空澄澈之时
都要把你呼唤几回

也许它们从地球的光线里
已找到一束熟悉的光辉
也许此刻你们正娓娓交谈
趁着万物都已经沉睡

1979 年

也正是这个日子
——献给张志新烈士,兼怀战友

也正是这个日子,这个日子
它们摔碎了你生命的琴;
也正是这个日子,这个日子
死亡闷哑了她的嗓音

也正是这个日子,这个日子
我们北方的大地还是早春
掘墓的镐头被冰土弹回
——我至今还听得见那钝而闷的声音

满心是漫延无边的茫然和惶恐——
这么多为什么,又何处去问?
钝而闷的痛苦啊,冰结在胸膛
何时能一吐为快,化为歌吟?

突然你站了起来,勇敢的姐妹
目光如电,剖开画皮,直呼其名
你戳穿那揉着阴谋的微笑
那隐隐透出杀机的欢呼声

那拜舞者身后掩藏的匕首
那用小红本遮挡的眼中的凶狠……
全不顾招来忌恨和诽谤的滔滔浊浪
你排挞向前，奋然抗争！

可我那病中的战友，却只能瞠然注视
眼前种种人和兽的颠倒、变形：
扭歪的面孔，狞笑的眼睛
人嘴里龇出獠牙，鲜血淋淋……

这一切周而复始，时而朦胧时而活现
她不知哪个是假——哪个是真
就像在充满一氧化碳的地窖里
她头晕目眩只觉得闷、闷

这是什么年代
公开把革命者逮捕监禁
共产党员横遭拷打
真理和正义被踩躏……
于是她被无声地闷死
于是你被切断了喉咙
很少人知道你生的日子
可这个日子千万人牢记在心

它们草菅人命——
用枪，用绳索，用锋利的手术刀
或用窄窄的一张纸条
或只轻轻动一动嘴唇……

一个又一个地倒下了
可种子也雨滴般颗颗洒落
你胸腔里渗出的每一滴鲜血
都润进土地，很深很深

不管它，——是烧成灰、烂成粉
种子终要破土始发，抽枝绽叶
枝枝叶叶都将振动、歌唱
歌唱对亲人的爱——对恶鬼的恨！

冰排冲撞喧响，浪涛汹涌
春天在声声啼唤中灿然降临
民主和法制扬起头来
真理和正义挺直腰身

于是你也苏醒了，勇敢的姐妹
于是她也苏醒了，我的战友
还有那许多的受害者

还有天安门前不朽的英雄

啊，烈士那被截断在喉头的呼喊
更激昂有力地扬起
连她那些残断手稿也在传抄着
要阳光要水分，要生长要完成……

再不必为自己的战友掘墓
我挥臂擂鼓，为歌手助阵——
千百万生者与死者的合唱
在祖国的大地上呼啸奔腾！

1979 年 7 月

　　诗人的妻子陶怡，1972 年 4 月 4 日因承受不住长期的压抑，自缢于诗人插队的梅河口市一座营乡太平河村自己家的土房中。三年后（1975 年）的 4 月 4 日，被关押了 6 年之久的张志新惨遭"四人帮"杀害。1978 年末，诗人被错划右派问题得到纠正，重返诗坛。在得知张志新 1979 年 3 月被平反昭雪后，诗人经过几个月的酝酿，终于写出了这首《也正是这个日子》。被压抑了多年的情感与悲愤，在诗中可见一斑。

梦

谢谢你,亲爱的
谢谢你把我轻轻摇醒
你的手指拂过我的眼帘
拂去了一个缠人的梦

在梦中那漫长的路上
我正摸索着前行
两手远远地伸开
双脚机械地挪动

有眼睛——分不清光和色彩
有耳朵——听不见流水的响声
有手——摸不出温热和冰冷
有心——泛不起半点激情

不知道是痴了,是病了
是头脑已被岁月淘空
一切都混沌而空茫
一切都死寂无声

也许真的是死了
一切知觉都已失灵
只有手还在无望地摸索
要捕捉那逝去的生命

梦已经太长太长
心灵上的冷漠太过沉重……
亲爱的,亏得你轻轻地摇着
把我摇出这无边的梦境

那遗忘已久的感觉和记忆
那遥远的、切近的快乐和苦痛
伴随着阳光、露珠、鸟语
一下子涌入我的心中

谢谢你,亲爱的
你把这一切都还给了我:
爱的热望,创造的勇气
大地上火热的生活和欢乐

1979 年 8 月

答友人

其一

深秋的江上低低的云
深秋的江上浓浓的雾
云中雾中,磕磕绊绊地走着
我捧读你深情的诗束

走着走着,迎着时光和流水
脚下是江畔湿漉漉的路
太遥远了,——又近在眼前
太真切了,——可又如此模糊:

当年我拆开你一封封信、一首首诗
也是这样急切切地伏案,诵读——
热烈,又总嫌有些浮泛
浅显,对生活又常有新的领悟

一天, 信封里落下一张照片
一位年轻的军官在向我注目
拘谨中带着几分炫耀

稚气中透出一股英武

我们的诗和友谊都十分嫩弱
经不起骤然的风雨
人贬黜了,路隔绝了
只留下点思念在心灵深处

当大地冻裂,空气也凝结
这思念又怎顾得去找寻、去接续
也许只有一丝残根半颗种子
还紧抱着死咬着一星星泥土

谁曾想深秋的艳阳竟把冻土化开
爱和诗竟有几片叶芽儿萌出
云开雾散了,可哪儿来的雨啊
在胸前、在脚下无声地滴个不住

其二

你问起我那细弱的"白桦"
它折断了,枯干而萎缩
未能有一条青嫩的枝叶

受到你怜爱地抚摸

你问起我妻子——我学唱时的知音
连她也早已夭折
她挣扎了很久很久
终没能挣脱那使她窒息的绳索

许是她对我信任过重
许是她对我期望太多
或者由于怨恨——给我惩罚
或者由于深爱——令我解脱

你问起那蹒跚学步的孩子
只怪父母的劣根使他自幼热爱文学
因为爱讲孙大圣、丑小鸭……
他屡次在课堂上被批判吆喝

有罪的不是我们这些渺小的生灵
是那些冠冕堂皇的窃国者
悲剧在于我们笃信神圣的谎言
在鲜血面前指不出是谁的罪责

幸喜魔法消失,又能够体味欢乐

——尽管那么刺人心肠
幸喜又尝到了痛楚
——从中懂得了幸福是什么

幸喜你终于了解我为什么久久沉默
由于我那迸血的沙哑的歌
幸喜祖国不怕疼也不怕丑
英勇地把躯体上的痈疽切割

爱、诗和孩子都在成长
就像我们顽强不屈的生活
老树累累斑痕，树液奔流更畅
让我们抽枝长叶，再绽几簇花朵

1979 年 10 月吉林

命运

命运是道路——
有笔直不免有曲折
有坦途不免有坎坷
且行且寻索

命运是负荷
如道路负荷车辆
如江河负荷船舶……
荣与辱、胜与败、欢乐与病痛
都须勇敢地负荷

命运是重托
历史的重托,时代的重托
祖国的重托,人民的重托
挺住腰杆子与肩膀,男子汉
跨步去开拓

真理

真理
生长在大地上
扎根
在深深的泥土里

一阵阵骤雨和冰雹
打落它的枝叶
北风和霜雪不断地袭击……
但是它挺立着身躯

赤裸而伤残的躯干
默默地生长着
招来多少轻蔑的眼光
它全不在意

那闹哄哄的野花的藤蔓
缠绕在它的身上
冒着它的名字炫耀一时
到头来终究枯去

真正的春天终于来了
大地上雪化冰消
真理抽枝长叶
显示出无限生机

连那枝干折断处
也开出新的花朵
在耀眼的阳光中
将结出丰硕的果实

1979 年 10 月

怕

当你用前额抵着树干
轻声地说:"我真怕
　　真怕被你打败……"
你可知道,我感到的不是惊喜
而是深深的悲哀

你怕,我也怕——
怕你不情愿的投降
会种下日后的祸灾
怕你宁静的生活
被我的莽撞所破坏

我的臂膀不够坚强
不能够把你严密地揽在胸怀
怕由我招来的风风雨雨
会使你无辜地受到伤害……
那还有什么幸福、什么爱!

一切都由你来决定吧
你知道该对我城门紧锁

或者有一天可以敞开……
不会来进攻,也不会来哀求
我只能在远方默默地等待

80年代

我的思念

你是这样无所不在
　　我的沉重的思念——

天空涌动的云的波涛上
在每一株摇晃着的草尖
在我独行的脚步声里
在手中书本的字里行间

伴着人群的声声欢笑
伴着孩子们稚嫩的呼唤
不论我醒着，不论在梦里
伴着我每一丝呼吸、心儿的每一次震颤
在我每一行刚刚写下的诗句中
你不息地呻吟、呐喊

你是这样不可遏止的吗
　　我的深长的思念……

　　　　　　　　　　　　1980 年

过了树林还是树林

过了树林还是树林
放眼是无边的碧绿
好像全世界所有的绿色
一齐在这里凝聚

苍绿的松、翠绿的杨、老绿的榆……
染绿了枝叶间洒下的阳光
染绿了同伴的衣衫和眼睛
也染绿了我纷纷落地的汗滴

在我们要画的地形图上
它将是绿莹莹一块美玉
镶嵌在辽阔的大地中间
给祖国增添了无限春意

哎,别忘了多画上一笔
就那么 0.000……毫米
画上我们和营林队员
正把这绿色扩展开去

1980 年

春

雨滴最知道：
大地渴望着水分
一滴滴渗进土层
叙不完相思的话

犁头最清楚：
泥土期待着播种
一行行一行行地翻耕
把种子均匀地播下

连那小牛犊儿也懂得：
山野陶醉在幸福之中
正用它柔软的嘴唇
在枯草中找寻着嫩芽

1980 年 4 月

江边的柳树

我们枝干弯曲,皮肤粗糙
在风中姿影也不娇柔
只知道在泥沙里深深扎根
任浪涛日夜冲击决不退后

一时又一时,一刻又一刻
漩涡要把我们的脚下淘空
我们藐视它可笑的妄想
根须蟠结,一撮泥沙也不放走

我们只有细小稀疏的叶子
嫩黄的毛毛狗就是头上的花儿
在风中使劲儿地摇着唱着
春天最早来到我们的枝头

1980年4月

花的哲理
——给金达莱

有说是英雄的血
有说是恋人的泪
火星般崖畔上燃烧
红辣辣满眼生辉

有人叫金达莱
有人叫映山红
是给那幸福的追求者
立下的闪亮丰碑

要自由就得斗争
要斗争就有牺牲
花儿展示的色彩
并不是生活的点缀

鲜血换来的成果
也许还要鲜血来保卫
花儿提供的哲理
值得人永远回味

1980 年 4 月延边

晨星——昏星

在黎明或黄昏,走远路的人
向天边苦苦地把你寻索
有如即将实现的期望
你在地平线上闪烁

赞美晨星的人可曾知道
当你在淡青色的曙光中隐没
已同时在大地的那一边出现
持续你不息地发光的工作

黎明中黄昏里那希望之星啊
却原来都是你一个
你的光芒点燃心灵的火苗
唤起心底的恋情,迟暮的欢乐

1980 年 5 月

八月雷雨

闪电——炸雷——暴雨
暴雨——炸雷——闪电
像是要把夜空劈碎
要把沉默的大地掀翻
要把大树连根拔净
把江河倾尽再重新灌满

喘息着呼啸着去而复来
雷雨碾过鸭绿江两岸
只有你,好像只有你
恣意轰响在天地之间

可闪电划开处迅速愈合
大地仍旧沉静无言
千万棵树木挺起身来
江河涌动着有力的波澜……
大闪,大雷,大雨过后
必是个响晴的大晴天!

1980 年夏

丹东三问

江

来到丹东先奔江边
探访我思念的江波
一个浪头去而复来
滴溜溜打一个漩涡
漩涡活像一个问题：
咦，你是否曾经来过？
那时你身穿军装
还是个毛头小伙……

我忙答：来过来过
难为你还能记得
当年我跨过江桥
投身纷飞的战火
跟你一样奔流入海
三十年浮沉起落
又跟你一样趁一阵春潮
来寻访喧腾的生活

白果树

白果树推开楼窗
伸过扇子似的小巴掌
热情而又亲昵
一下子揽住我的臂膀
我愕然，可她笑开了：
老相识，难道你如此健忘？

你心急如火，直奔江南
初次引吭把战歌高唱
又频频回首，望故乡
偷偷书写初恋的诗行……
在我今日的树影中，你可曾
找到了当年自己的形象？

举头望见你累累的果实
我只觉得羞愧难当
不敢说忘了，也不敢说记得
我急切地搜寻，过往岁月的枝头
竟然这般稀疏而空荡
那零星的记忆也暗淡无光……

知了

不待我开口,你先高叫"知了"
你知道些什么,且听我问:
十几个冬春深埋地下
你可曾梦见阳光和清风?
几千个晨昏缄默不语
你可曾准备振翼飞鸣?

一时破土而出,你是否感到
呼吸急促,心儿怦怦跳动?
曾否静静伏身,把四周
各色的音调仔细倾听?
曾否轻轻翕动双翼,试探着
发出几个短促的颤音?

你噤声,我却知了——
十几年储存,十几年期待
等的是这复苏的一瞬
爱和歌如火如酒
越压越闷越炽烈
窖藏越久越精醇

就因为长久休眠
才抓紧这短暂的一瞬
唱吧唱吧,不怕人嫌聒噪
唱吧唱吧,真情自有知音
把歌声掺进灿烂的秋阳
歌唱生命的青春!

1980年8月丹东

流星

在宇宙的长河中飞掠
要烧就烧它个全身净尽
在茫茫的大漠里
留下片刻的光明

若是剩下星星点点
碰巧落在人们的手心
即使研成细末微尘
也只能证明我品质的坚贞

1980 年 8 月

丝绸之路（组诗）

手指

春蚕眠过了三眠①
辛勤地埋头作茧——
千万盏小小的灯笼
一夜间枝头挂满
茧儿在悄悄成长
秋蚕又开始了头眠

放蚕姑娘的手指
一刻也不消闲
轰罢雀又分枝捉虫
摘了茧又打包装船……

蚕儿眠眠，她没有工夫
在树荫下合一合眼
蚕儿作茧，她没有闲心

---

①蚕在成长过程中，要休眠三次，方能吐丝作茧。

为自己缝一件花衫

她站立崖头,久久招手
望运茧的船儿渐渐走远
那千万只蚕茧的丝丝缕缕
都连着她的指尖

眼睛

戴起老花镜,我仍然难找
那细细的蚕丝的踪影;
缫丝工、检验工、框丝工
却时刻监视它无声地移动
织绸工却伏身机台
把每一根毛刺儿剪平……

摘下花镜,我却看见了
丝绸女工的眼睛又亮又清:
对事业、对生活、对爱
饱含着专注的柔情

清风和阳光

缕缕清风,像你们的手
为我把衣褶儿拂平
点点阳光,像你们的眼睛
验视衣襟的疵点与伤损

我翻检头脑里织就的诗行
把它们重新梳理、修整
学你们的认真,让诗句
坚实柔韧,经纬分明

缕缕清风,点点阳光
是你们的挚爱与忠诚
一条新辟的丝绸之路
从蚕山直通到我的心灵

奇　珍

再不是一行疲惫的骆驼
成年累月在大漠里跋涉
可怜的几驮子丝绸

系着商人的忧愁与欢乐

今天这一艘艘万吨巨轮
载满了丝织的精品
风驰电掣远渡重洋
仍然是海外奇珍——

女郎买一条梅花点点的领带
轻柔地把爱人系牢
丈夫定做一领和服
深情地裹紧妻子的身腰

女子该俊秀娇柔
男子该气宇轩昂
让人们身心美丽
是我们衷心的愿望

1980年9月初丹东—大连

等

鸭绿江和松花江沿岸居民,把白鹭叫作"穷等"或"老等"。

三三五五,伫立水边
在浅水分花处
时而引颈低头一啄
时而轻轻踱步

你们在等谁——
是刚刚分手,是相约初度?
谁竟会如此薄情
把韶光美景辜负

汽船鸣笛,白鹭惊飞
一霎时银花开满江畔的树
于是又在枝头上等待
把相思尽向江流倾诉

1980年9月鸭绿江上

江上联想

船行急骤,如剪锋
剪开匹匹波荡的丝绸
剪而又合,如织绸人的心波
容不得半点儿褶皱

船行徐缓,如割刀
割开条条晶莹的碧玉
割而复聚,江天融为一体
光和影奔来这里齐集

船驻船行,截不断
我丝丝缕缕的思绪
美的联想纷至沓来
在我的心头涌动不息

1980 年 9 月鸭绿江上

江鸥

江鸥,爱美的鸟儿
在江上久久低回不去
两翅轮番泼着水花
把那明澈的镜子拂拭

你舍不得离开镜子
镜子也不忍和你分离
你撩惹着壮美的江
江也倾心于俏丽的你

而我,爱上了江和江鸥
你们一齐印在我心里

溪水与山崖

山崖总是傍着溪水
溪水总是绕着山崖
秀美的山川相依相伴

有时他们也长久地分开
山崖坚守着阻挡北风的岗位
溪水辛勤地灌溉广阔平原

长久的分离是长久的思念
溪水日夜急切切地奔跑
打几个回旋又绕到崖前

他们久久地互相注视
溪水把爱人的身影长留心上
山崖俯首倾注着无穷的爱恋

心的年轮

一截新伐的树墩
呈现着层层清晰的年轮——
在风和日暖的年头
这一圈木质又宽又匀
而逢到酷暑与奇寒
只能长出狭窄的一圈
轮迹如粗曲的波纹

我们心上也刻着层层轮迹——
有风华正茂时,有悲苦与艰辛
艰难岁月中,心儿仍在成长
只是更加密实而坚韧
虽然没织出华美的图案
却默默地忠实地记录着
时代的霜雪,历史的风云

1980 年 10 月

金子的生日（组诗）

诞生

当整个宇宙在燃烧、爆裂
当喷火的地球在飞旋转动
你——闪光的元素，就已经
在烈火和运动中艰难地诞生

亿万年的高温高压
使你凝聚为大大小小的颗粒
随瀑布凌空跌下
在波浪中剧烈地浮沉

风雨冲刷，波涛击打
砸为碎片，研为细粉
你渗进稠重的泥沙
你压入深深的岩层……

坦然地再从头经历这一切——
一次次碾压、研磨、淘洗
重新被分离又被聚集

投入眩目的烈火高温

今天才是你真正的生日：
千锤百炼，历经磨难
灿然现出你珍藏的本色
如同柔美纯净的黎明

那时候

那时候矿井立陡立陡
一根绳梯在井壁上悠荡
身背矿石爬呀爬呀
一条命就系在烂麻绳上
绳一断，立刻粉身碎骨
深深的井下只发出闷声一响

那时候井下漆黑漆黑
一盏油灯在胸前摇晃
挥镐凿岩，灯火一明一暗
一条命就像这一点灯光
灯一灭，岩层从六面压来
熄了的生命再无法点亮

采出来的金子却是亮的
金子锁在富人的金柜里
金柜在黑夜里也透出亮光
那时候采金人的世界是黑的
到处是黑的,永远是黑的
在黑暗中喘息,在黑暗中埋葬

金脉

如长龙,蜿蜒在岩层深处
如欢跳的鱼,奔腾的虎
摇头摆尾跃跃欲出
多少年来多少人频频呼唤:
出来吧,出来吧,
现出你的本来面目

在岩层中眨着小小的眼睛
你闪烁着神秘的笑影
有人看你笑得甜蜜
有人看你笑得狰狞
多少年来多少人为了找你

在悬崖下矿坑中失去了生命

今天我们用凿岩机呼唤你
我们用爆炸声欢迎你
最聪明的勇士在把你寻觅：
出来吧，出来吧
在高空、在海洋、在陆地
请入列起步，同我们一起进击！

金砖

一块锃亮的沉甸甸的金砖
静静地托在你的手心
吸引着人们的眼睛

是赞叹，是艳羡，或是贪欲……
目光和金光在交流、碰撞
空气里迸射着细小的火星

最为强烈的，还是那——
劳动的喜悦，创造的设想
艺术瑰丽动人的憧憬：

它的光彩将把生活装点得更美
它的坚韧将加固飞船和卫星
载着我们遨游太空!

金轮

有的人爱看它的光彩
有的人爱听它的响声
有的人专爱摆弄它的数字
在长串的"0"后再加上"0"……

被它的光彩迷花了眼
被它的响声蒙醉了心
人就会变成鬼——
偷,抢,杀,迈进地狱之门

我们的手是干净的
心是干净的
我们生产的金子,从未被
贪心所染臭,欲火所熏黑

我们要把黄澄澄的金子

连同心中的爱情
一起投进炽热的熔炉
铸一副响当当的金轮

我们要把它献给你——
亲爱的祖国母亲
我们驾驭，我们呼号
在现代化的大道上飞奔

1980年10月夹皮沟金矿

金粒与花朵

在无尽的长途中
无论在闹市,在偏僻村落
在高山峻岭,在深谷沟壑……
我都遇到知心的旅伴
如矿石里的金粒
点亮我心头希望之火
如草丛中的花朵
在我眼前久久闪烁

1980 年 10 月

夜话

算算看,二十三年前
我们曾经是多少岁
——如今已各自增长了一倍
在林中旅店,彻夜长谈
倾吐对高山大川的迷醉
要泼尽心中的全部色彩
把壮美的生活尽情描绘……

今夜我们鬓发斑斑,又在这
矿山小庄里两枕相对
——身旁已长起了新的一辈
摸摸看,我们的心跳
仍然有力,或已见衰微
可增长了些沉毅与智慧?
是不是仍像急待出巢的鸟儿
渴望着凌空振翅高飞……

1980 年 10 月

朋友间

如果是石头
就互相砥砺
让思想的锋芒更锐利

如果是水
就互相冲洗
让品质更纯净无瑕

如果是火
就互相烧炼
让意志更坚强瑰丽

1980 年

听海

南风送来友人一纸书信
送来海的气息、海的音韵

1

少年时,在北方山村里
我向往着大海
幻想着海的形象
它的音响涨满我的心房
日日夜夜在冲撞、溢漾

2

当真的看见了海
我无比惊喜:它的美
扫荡了我所有的想象
正是无忧无虑学诗的年纪
我只看见它明媚的微笑

只听见它的柔声细语
斜卧滩头,我试探地伸出手指
弹出最初的几声轻响

3

一次次,我跌跌撞撞奔向大海
——那正是生活的海洋
可看不见的暗流和漩涡
终于把我卷走
忽而揿我下沉
忽而托我向上
手肘、膝盖和双脚
一齐胡乱地扑腾
海啊,无动于衷
照样哗然喧响

我不懂它的声音
也许我耳聋了
我骇然,我迷惘——

4

于是对于我，海成了哑的：
上面是哑的雷闪、
　　哑的翻滚的云团
下面是哑的水花、哑的浪

5

从此再见那无休止的潮水
我心头再无所动
任它打湿裤脚
拾几只黯然失色的贝
漠然地看一阵远处的波光

即使搭船出海
你又能驶出去多远？
浪花在船头戏耍
桅樯在风中摇晃
你不配称为大海的主人
——不配
大海是勇士驰骋的地方

逃避吗?
我们的星球上
只有那么一点点陆地
大片大片的是海洋

6

有那狂妄的人
要称霸海洋

海的愤怒是强烈的——
它不会由着你
漫不经心地拂弄
奏出花香鸟语
它不会由着你
把潮流逆转
炫耀你的无知与狂妄

无论人海,无论心潮
玩弄它总是危险的游戏
不管你暴怒还是叹息
大海运动着——

按照它的规律
朝着它的流向……

7

终于出现了
惊涛骇浪中
坚定的舵手,英勇的船长!
我看见海的笑容
我听见海的笑声
光明而坦荡

终于出现了
海的琴手
在洪波巨浪上
弹奏壮丽的乐章

手指啊,那是历史的手指
充满灵感与自信
奏出宇宙间空前的音韵

谛听着兄弟姐妹的琴音
我耳聪目明，心头滚烫
我的手指也伸向琴键
伸向生活的波浪

1980 年 11 月

回音壁

少年时那初萌的恋情
你我一声声热切的呼唤
真的都消逝了吗
或许留下了一些儿声响
在这灰色的砖墙里
深深地贮藏?

附耳过去:从悠悠的岁月那边
虽然微弱,却真真切切传来了
往日的欢乐和悲怆……
蓦然间,如阳光穿破云雾
泼剌剌冲进来下一代的
年轻欢笑的声浪!

1980 年冬

马

　　　　光阴如白驹过隙。
　　　　　　　　——古谚

红马，白马，还是黑马……
哪怕是最敏锐的眼睛
也无法捕捉它、分辨它

或许清早它是红的、正午是白的
　　而夜里是黑的
在疾驶中随时变化

只有最勇敢无畏的人
才能看准最有利的一瞬
飞身一跃，把它置于胯下

那懒惰的意志薄弱者
即使侥幸地骑了几步
也终将被摔在马前

任你不息地叫喊和哀叹
在泥土里打着滚哭泣

它绝不会回头看你一下

两手抓住鬃毛,双腿夹紧两肋
你牢牢地把它驾驭
向既定的目标奋勇进发

耳边风声掠过
你享受着前进和自由的喜悦
催动坐骑加快步伐……

书

其一

每当我打开一本新书
总是轻轻地,满怀着激动
有如拉开一扇神秘之门

你将展现一个新的世界
也许绚丽多彩,也许曲径幽深
启迪着、鼓舞着我鄙陋的心

即使毫无新意,乏味而平庸
也会切实地给我一个教训
必须苦心设计全新的意境

其二

在愚昧无知的茫茫黑夜
你是灯
引我到广阔光明的世界

在孱弱无力的漫漫时光
你是奶娘
给我营养，给我逐日成长的力量

在那悲痛欲绝的日子里
你是亲人
同我彻夜长谈，给我抚慰与激励

当我因碌碌无为而沮丧
或因小有成就而狂妄
你是畏友
你痛斥，你责骂
你指出前面山更高、路更长……

啊，亲爱的书啊
在无尽的长夜和永昼
只有你在枕边、在案旁
我最忠实的朋友和师长
你使许多的日子和时刻
　　迸发出一束束希望的闪光！

召唤

听，有声音召唤你
那声音深沉而有力

也许你身心都在流血
你将挣扎起身，边挪步
边扎紧伤口、揩净血滴；
也许你正默守着战友的尸体
你将立一块石头、插一根木桩
给后来者留下个标记；
也许你就是疲倦，疲倦到近于麻痹
压着你的是沉重的记忆
你摇头把它摆脱，向前走去……

你会起来，一定会的
绝不会长久停在路边
既然你是战士
就会抓起武器
你听到有声音召唤你
那声音深沉而有力

1981 年

只要有火——

只要有火
小油灯吐出尖尖的火舌
把无边的黑夜舔破
眼和手就会不息地工作

只要有火
泥砌的炉膛烈焰喷射
碎铜烂铁会熔炼成形
锻打出刀剑寒光闪烁

只要有火
我的胸膛就无比灼热
那郁闷、忧思和迸发的欢悦
将化作缕缕明亮的诗歌

1981 年 2 月

蜂与花期

椴树花期过了
暴马子花期过了
笤条花期也过了
放蜂人带着蜂箱走了
满山坡野花开放
却显得一片沉寂……

盛夏的中午,兴冲冲地
一伙诗人蜂群般来了
山上山下盘旋飞舞
山葡萄还绿着,圆枣子还是涩的
他们纷纷落下又飞起
在贮木场、在工人宿舍、在伐区……

振动着翅膀,伸缩着触须
埋下头寻找、采集、吮吸
胸膛里烈火般发热发酵
酿出蜜一般的酒,酒一般的蜜
一支支歌儿透出醇香——
生活之树永远是旺盛的花期

1981 年 7 月 31 日龙湾林场

瀑布与虹

如玉山碎裂,冰雪崩塌
如万千匹惊群的烈马
发出雷霆般轰响
从高空直向深谷跌下
腾然而起的团团白雾
是你迸射的沁凉水珠
迅猛的急流夺路而出
在峡谷间跳跃,如炫目的花

逆流上溯千百里,我寻访你
大江之源——力量之源
我默默凝望,震惊于
山川的壮丽,大自然的造化

山巅回首,脚下横空一道彩虹
在水雾中颤动,闪烁,辉耀
几只雨燕欢叫着上下穿越
我生命的音乐在鸣响,升华

1981年8月5日白河

相遇

我们是两条河流,两条河流
　　一个在东、一个在西
各自向前奔流,奔流又奔流
　　从不曾互通声息

也许在某个深夜或清晨,远远地
　　互相瞥见过波光、听见过涛声吗
谁说得准。至少你不知道那就是我
　　我也不知道那就是你

是因为暴雨、山洪、山岩塌方
在山间谷底,我们蓦然相遇
相遇了,波涛和泡沫急切地混合交谈
然后又匆匆分手,各奔东西

也许你更生气勃勃,我将奄奄一息
也许越流越远离,也许还会相遇?
谁说得准。但从此你中有我,我中有你
在阳光下在风暴中都将飞溅
——浪花和友谊

1981 年 8 月

云和瀑布

当云与瀑布
沿石崖滔滔流泻
当瀑布如云
从脚下漫漫腾扬……
我们在云雾里只管走去
有相爱的心儿指引
悬崖边也不会失脚
丛莽中也不迷方向

1981年

站台

多少年了,我总是匆匆赶来接你
总是踏上同一个站台
在纷乱的人群中,也总是我
最先看见你急促地向我走来

当我靠着你结实的肩膀
注视着你眼中温暖的光彩
心中不由地坚信:
不管过去、现在与未来——

只要眼睛还未合上
只要心儿搏动不衰
哪怕洪水把路基冲垮
哪怕雪崩把列车掩埋
你总会打开通向我的道路
而我,也总会找到迎接你的站台

1981 年 10 月

零星小雪

阳光中闪烁着
稀零零细碎的雪
如玉似银的粉末……

我望着南方的云
此刻你在那云的南方
或许也望着同一块云朵

或许你摇撼着身边的相思树
让那繁密轻盈的小花
在头顶、在肩上纷纷洒落

或许你正望着北方的云
望见那意中的北方
有一个凝望着的我

1981 年

竹子·月季·青松

你知道南方的竹子
一年四季总那么枝叶儿青青
可有时候它会突然一夜开花
繁花谢尽,也就结束了生命

还有那中国的月季呢
每个月开一朵花儿
常年有花朵更替开放
保持着它有节制的青春

孤注一掷的竹子未免狂热
斤斤计较的月季也太悭吝
我还是喜爱那陡崖之上
迎风斗雪的青松

谁见过松树把叶子脱光
它总是悄悄地更换松针
谁见过它枝叶间隐蔽的花朵
可满树的果实像绿色的星星

应该像松树那样生活,那样爱
永不凋谢,郁郁葱葱!

埋头

> 抬头求人不如低头求土
> ——民谚

切不可
天天仰着头
察看着别人的脸色

切不可
时时手心向上
乞求别人的施舍

吐口唾沫
搓搓双掌
把手上的工具紧握

埋下头来
面向大地吧
年复一年地劳作

谁不

吝惜
筋骨和汗水

大地报以丰盛的收获

1982 年

脚印

我的双脚啊,可能够
踏上我常常忆念的地方
家乡雨后漫漫的山路
在裤脚上留下点点泥浆

我的双脚啊,可能够
踏上我时时向往的地方
大漠的波涛,林海的浪
泼溅我满身的灼热与清凉

忆念在后——向往在前
人生的旅途就是如此漫长
只要双脚不息地前行
道路将延伸直向远方
脚印联结着过去和未来
如闪光的音符欢跳歌唱

1982 年

大理三月街

街头

消寂了,烈马的嘶叫、箭镞的飞鸣
消寂了,观众的助威喝彩之声
可石坡路上仍然是不尽的人潮
三月街的尾声和开头一样兴盛

竹篾斗笠和轻纱凉帽如各色香菌
土布衣衫和维尼纶统裤交错而行
沱茶、蜜饯、核桃和木耳……
使人恍若置身于山野丛林

没有风,却忽然飘来清亮的笑语
一簇簇鲜花在人流中移动——
白族姑娘的包头、褂褂、绣花短裙
会不会招来嗅觉灵敏的蜜蜂?

热闹的尾声也毕竟是尾声
有情人暗暗相约下次街子上重逢
它给人们留下美好的回忆

也会时时唤起向往与憧憬

吸引

敲得又圆又亮的铜锅锅
引得一群主妇又赞又夸——
好煮米线呀，好煎粑粑

凿得又窄又深的木槽子
喜煞几位老妈妈——
正好喂那新抓的小猪娃

一副雕刻精巧的门扇
留住了一对青年男女——
是不是刚刚登记了就要安家？

扛回去安在你们的新房上吧
透过吉祥的雕花看院里的鲜花
白日阳光和清风进门来耍
夜里月光伴着你俩说话……

买牛老爹

老爹拴好新买的小黄牯
喜滋滋走进食摊的布棚
吃一碗洱丝、二两烧肉
一碗酒下肚两颊绯红

邻座们天南地北谈兴正浓
老爹无心跟他们高谈阔论
他在盘算小黄牯几时长大
跟他相伴着把土地翻耕

下一次再丰收,套辆小牛车
带老伴见识下这大理名城……
头似微醉,心里却清醒
抬眼看苍山更翠,洱海更明

1982 年 4 月大理

云南（组诗）

云南

云海之南吗？茫茫云海
遮断了多少亲人的视线
一代代流徙，辗转折磨
在无尽的岁月里熬煎

云岭之南吗？绵绵云岭
挡住了北国的风雪奇寒
众多的民族如崖畔山花
在这丰饶的大地上繁衍

更有智勇的使臣，不畏惧
重重的烟瘴，陡峻的群山
带来君主的问候，中原的文化
让同胞的血脉息息相连

秀才进京赶考，携书骑驴
在迢迢长途中要增长半岁
如今我来云南，从祖国北端

乘铁马飞驰,只需五夜五天

不冻的土地,长春的气候
让兄弟的情谊如山花怒放
无论茫茫的云,绵绵的山
都闸不住我们心心交融的思念……

追寻

一年年,候鸟迁徙
飞过一重重高山大海
年年有羸弱者懦怯者葬身波涛
飞去了再没有飞来

一年年,从南到北——从北到南
我们苦苦地追寻春天
为了使视野更广阔明晰
饱览悠远的历史与山川

也有过一个又一个不幸者
在风暴和雷雨中猝然坠落
但伙伴们一次次重整队列

一声声把教训向身后传播

让思想的翅膀更坚强有力
向远方更远方执着地飞行
为祖国的春色引吭高歌
是我们注定的神圣使命

洱海

人说你像一只人的耳朵
苍山是你隆起的耳郭
亿万年来你灵敏的鼓膜
都听见了些什么——

是部落间无休止的征战与吞并
是天降的瘟疫、人为的灾祸
是人民愤怒的呼号
是饮泣幽怨的哀歌?

难道你把这些全部储存
存在你深深的耳蜗中心
它不使你感到沉重吗

还能否感应到另一种声音?

今天当帆影和旗影掠过海面
各民族的歌者在海上航行
你听得出吗:从没有人间天上的音乐
比他们发自心头的欢歌更美妙动听?

没有回答——你毫无声息
是啊,你亿万年来就只会听取
可我附耳在波涛上继续倾听
听关于过去和未来的种种秘密

1982 年

波浪

滇池把有力的波浪
推向我窗前大片的麦田
麦田又把它传到我的心上

滇池拥有无尽的宝藏
麦田缀满结实的籽粒
层层叠叠的波纹透出芳香

我心头的庄稼才抽出茎叶
千万张叶片焦急地摇晃
充满着生长成熟的热望

啊,波浪拍击着我不安的梦
从夜半到清晨,心在响应
心潮在涨,波荡、波荡——

由近到远,涌起一重重
清凉而又灼热的浪
洋溢浓烈芳香的浪……

1982年5月昆明西园

睡美人

她生来是个渔家女子
波浪捶打出柔韧的腰身
一双大脚跑起来风快
浪涛里出没鱼儿也心惊

滇池深邃澄碧的水波
点活了她清亮亮的眼睛
老是向远方寻找着什么——
是点点白帆,是心中的爱情?

她的爱情凝注在一片帆篷上
帆篷下亲爱的人正徐徐驶近
她脸上绽开了灿烂的微笑
比山上的杜鹃更鲜丽嫣红

可乌云来了,暴雨来了
龙王的太子迷上了这对眼睛
一个漩涡把她卷进水底
婚礼的喜筵摆设在龙宫

她呼喊，她挣扎，她撒腿快跑
从水底跃上暴怒的浪峰
双臂疾挥，在波涛上飞掠
有力的双脚在岸边狂奔

可是那孽龙在身后发出了诅咒：
我叫你变成石头，冰冷的石头
她双腿越来越重，终于咕咚倒下
滇池边出现一道黑黝黝的石丘

她健美的身影在天幕上显现——
看那浑圆的下颌、眼窝、额头……
发辫散开了，一头长发
在滇池的碧波里飘悠

多少人醒着可惜惜懂懂
她在睡着却时刻清醒
耳朵醒着，心儿醒着
时时刻刻留神地谛听

每当有船从远方驶来
滇池的水波就无法平静
就像她急促的呼吸，她的心跳

长发下的波涛拍岸有声

在黑影中她侧着头寻找
寻找那熟悉的一片帆篷
寻找帆篷下亲人的身影
寻找她永不泯灭的爱情

1982年5月昆明西山下

蝴蝶泉边

上面是浓荫如盖的树
下面是清如水晶的泉
当合欢花如云霞弥漫
彩蝶自四面八方飞来
首尾相接从枝头挂下
条条色彩绚丽的花串

如蝶如花的青年男女
成群结队来到泉边
可是从彩蝶受到启发
迷人的歌会延续几夜几天
吸引一代又一代诗人
为你们热情地歌赞

可惜我晚来了几天
蝶会和歌会已云霞般消散
不然我甘心化一只彩蝶
同你们飞舞歌唱在山间
对生命和美不息地追求
永远与青春和欢乐为伴

1982 年

水滴歌唱大海

我来自天空,来自大海
我是一滴水
　　我是小小的一滴
当我在树叶和草尖上闪烁
点点阳光透过我的肌肉和神经
反射出生活的全部色彩
　　明丽而清晰

当我落地,和一群伙伴
　　积成小小的水洼
仍旧映照着太阳的光辉
当空气焦灼,江河干涸
我蒸发消散,分解为一缕空气
在高空浮动飘游,重新凝聚……

像孩子渴念母亲
像士兵渴念队伍
我渴念,我寻觅大海的气息
我知道,我坚信:
　　尽管千回百转,艰难曲折

条条江河总是奔向大海
哪怕只有涓涓细流
哪怕渗入深深的地下
无论黑夜或白天,水滴啊
都听得见大海壮阔的呼吸

只有当我从高空落下
当我化作倾盆大雨
当我融入无边的大海
当我和千千万万水滴汇成一体
我才真切地感到波涛的激荡
它的重量、它的气魄、它的威力
它一次次聚集起力量
　　向前进击
任谁也阻挡不了你的脚步
你所向无敌!

在雄浑的波涛中我运动
　　运动并飞速成长
我推动涡轮
　　去生热发光
我在高压喷枪中迸射
　　冲开煤层和岩石

我在河床、沟渠和管道中向前
给大地输送水分和欢愉

我在伟大的集体中前进
　　前进并纵情歌唱
当它在低潮中积蓄着动力
我由衷地赞美它的坚韧
当它雄伟的浪峰高高崛起
使宇宙为之震惊
我自豪——
为它光辉的历史，历史性的胜利

假如需要，假若集体发出号令
我愿千百次地
化为水滴，化为蒸汽
去装点森林的清晨
去滋润城市的缕缕晚风
去灌饱田野上的每一颗稻粒……
因为我是一滴水
　　我是小小的一滴

1982 年 9 月

雄风

深夜里就听到你频频搏动
黎明时你来了——
哦,雄风,我的雄风!

你来得如此迅猛,扫地漫天
在海上、在草原、在森林
掀起重重壮阔的波澜
你拍响我心中的浪涛了
雄风啊,我的雄风

雄风——
你挟着霹雳闪电,充沛的雨云
把污秽冲刷,把暗处照亮
霎时到处洋溢光焰和生命

海上的云头和浪头
如战马纷纷扬蹄耸立
耸立而奔驰,飘洒着长鬃
水手,那坚定的水手,我的弟兄
赤铜色的胸膛迎风袒露

水珠和汗珠在甲板上飞迸

大地上的江河和湖泊
厚重的坚冰化为春水
怀抱宝藏的山峦欣然苏醒
残根断茎绽出簇簇新芽
连闭锁的胸襟也敞开了
在海上、在草原、在森林
你唤醒了我，雄风——
唤醒我的勇气、自信和骄傲
唤醒我男子汉成熟壮美的爱情

我把爱情寄予云，寄予雷电
寄予雨滴与春水，寄予我的水手弟兄
寄予波涛、波涛上的汽笛与风帆
把污秽冲刷，把暗处照亮
寄予天空、大地、海洋上的一切

　　一切蓬勃跃动的生命
我的爱情寄予你——
春的先行者，力的源头
哦，雄风，我的雄风！

　　　　　　　　　　1982年9月—11月

海与船

早在童年——人类的童年
面对浩瀚无边的大海
心头就萌发强烈的愿望——
要到达彼岸

在岸边逡巡,在水里扑腾
喝多少口水,搭多少条命
长了气力更长了智慧
我们动手造船

千万年过去了——直到今天
当我们在惊涛骇浪中行驶
从波涛到海岸——从海岸到波涛
从深夜到黎明一直向前

船更精良,人更强健
力量、智慧、无敌的勇敢
心头的热望越来越炽烈
向往远方,向往新岸

今夜停泊,明早又出航
从此岸驶向更远的彼岸
我们在不息的奋斗中生活
向前,一直向前……

1982 年

骆驼

骆驼是庄严的
几千年来一直昂首天外
跋涉,跋涉在无边的瀚海

它仰首天外
似一根根坚韧的桅杆
从未被狂风吹折过
从未把驾驭者抛开

骆驼是沉默的
但它心明眼亮
时时向远方寻觅
寻觅一块块小小的绿洲
寻觅河流——那蓝色的光带

它从不相信一次次的海市蜃楼
尽管驭者怎样叫喊
它总是轻蔑地掉头走开

当水草丰足时

它长时间地啜着、饮着
充分享受着进食的欢快

骆驼又是慷慨的
当人们为饥渴所煎熬时
它贡献出储藏在胃里的淡水
甚至自己的血肉和生命
只要骆驼队能继续前进

无怪乎人们称它为沙漠之舟
世上何处有如此可敬的舟船
丝绸之路首先是由它们开辟
它开辟的是一个新的时代

骆驼的脚印
是沙漠里的浪花
浪花在漫长的岁月中湮没了
汽车和火车在海上飞驰
但它的形象是高贵的
千百年来，在人们心目中
一直对它充满由衷的敬爱

沙漠与鹿

茫茫的戈壁滩上
有羊群、有牦牛群
有慢条斯理的骆驼……
这里还有鹿?
头一回听说!

我见过驼鹿、马鹿
梅花鹿全身缀满花朵——
在我家乡的长白山上
在草丛和林莽中出没……

当车子驰近柴达木的边沿
在当金山口,我望见雪的山峰——
祁连山、阿尔金山……我感到亲切
仿佛又踏进长白山的沟沟壑壑
哦,九色神鹿!
哦,神的传说!
在幽暗的莫高窟石洞里
在菩萨的台座上画着

故事是常见的：鹿代表善良和温柔
赌徒代表贪婪和邪恶
他输了钱，掉进水里
被神鹿救起，反而贼性发作——
向王后告密，带人来捉鹿
最后被河水吞没……

那清凉透心的水在哪里？
菩萨啊，能不能提供一点线索？
也许那沙丘上印满过鹿的蹄印
它夜夜来月牙泉边解渴
也许是月牙泉曾把这美好的形象
向飞禽走兽们传说……

可如今鹿在哪里？
干旱的沙漠上干硬的草
它也许无法下咽：
啃食了大量的盐粒
使它渴念清冽的碧波

也许这荒凉的戈壁滩
曾经是水草丰肥的草地
也许祁连山、阿尔金山

曾经是绿树婆娑

在那久远久远的年代……我们的鹿群

曾经到这里来过

我在南海之南的海南岛

也听过鹿的传说——

你可知道"鹿回头"的故事

鹿变美女，跟猎人一起生活

长白山的鹿、祁连山的鹿、

　　海南岛的鹿……

一齐奔来我的梦里

那小巧的头颅伸向我

那柔美的眼睛望着我

——是否就因为人人喜爱这形象

天南地北传布着关于它的传说？

鹿群盯着我的眼睛，鹿群在问：

这传说可是人的愿望

愿望可能够变成动作——

让雪山布满密林

让清泉流进荒漠

只要有树叶和青草

我们就在大西北繁衍子孙
让雪峰雪谷里生气勃勃!

1983年9月梢

柴达木情歌

假如我心爱的女人
一夜之间毛发脱尽
只落得满头斑驳的疤痕
假如她没有了那敏感颤抖的睫毛
　　睫毛下那双会说话的眼睛
假如她没有了嘴唇
　　那柔美的吐露爱恋的嘴唇……
我的心立刻僵冷，僵冷而又燃烧
困惑、绝望……剧烈地心疼！

多年渴慕的柴达木啊
当我面对你的莽莽荒原
我正是这般心绪——
一团火壅塞了我的心！

没有草，没有花，没有果实
没有枝叶婆娑的树荫
没有鸟儿鸣叫着飞掠的身影……
更没有那生命之源的流水之声。
水，一股股涓涓细流

从源头还没有走出多远
就被烈日烤干了,就被沙漠吸尽
一股股细流就像婴儿短短的手臂
徒然地伸张着,永远无法
跟兄弟姐妹的手臂相接
组成欢乐的河网
泼溅起欢乐的笑声……

可柴达木啊,我知道你的心
并不是一片空漠
你有丰富的矿藏:
钾盐、锡、铁,粲然生光的黄金……
勇敢的开拓者四面八方奔赴而来
来开发,来鏖战,为你贡献美丽的青春
一次次海市蜃楼的欺骗
并没有使他们气馁
他们跋涉,测量,勘探
处处留下钻井和脚印!

一个又一个绿洲在荒漠上出现了——
小小的乌兰,德令哈,格尔木……
我为那里的每片树叶、每片浪花而骄傲
那里的每一滴绿色都牵动着我的心

我听见你们的钻机在响
我听见你们电站坝下的浪涛声
我听见盐池里在收盐、运盐
我听见你们的诗歌朗诵会正在进行——
　　这是你吗，我新结识的朋友
　　可是你通读新作的琅琅之声？

前有古人，后有来者
柴达木的事业方兴未艾——
多少新人奔来了
如迎战高寒苦旱的志愿军
千万吨草种、树种运来了
收集它们的有白发将军、有小小的红领巾……
我祝愿绿洲无限地扩大、扩大
祝愿草原丰美，如爱人浓密的长发
布满骆驼、牦牛和滚滚的羊群

我愿把头埋在草丛中歇息
饱吸你带露的芳芬
我祝愿菜蔬遍地、果实满树
充满汁液，如同你清凉的嘴唇
我祝愿小小的巴音河、塔塔凌河、沱沱河

不断地延伸、延伸
祝草儿紧抓住每一撮泥土
祝树木把水分大量地储存
我祝愿有那么一天
在柴达木举行一次盛大的泼水节
人们把一盆盆清水泼向心爱的人
愿清水把我全身湿透
让我在水花中看见每个朋友和亲人
闪烁着爱的欢乐的眼神……

1983年9月

纪念一个日子

老人在雪地里踯躅
老人在树林里迷失
无法确认,无法确认啊
当年初吻是在哪一棵树下
只记得树干曾激动得颤抖
满树枝叶儿沙沙

无法寻觅,根本无法寻觅
当年的月色、气息和落花
雪在大地上覆盖,雪在头上飘洒
一切都凝定、静止
树呆立着,老人呆立着
只有败叶和衰发在风中抖动
眼角似乎有什么在悄悄融化……

时光爱人

在深切的悲恸中，请别指望
　　任谁也不要指望
真诚的劝慰也那么空洞、多余
善意的关注也无法楔入心房

请允许我推荐，真心推荐
　　一位最体贴的友人
只有他会像我一般待你
当我在墨汁般的哀伤中窒息
　　只有他时时刻刻守护身旁
最亲密者会背弃——他不背弃
多年老友漠然相忘——他不相忘
他会轻柔地抹去你梦中的泪，当清晨
在你睫毛上点一滴晶莹的霞光

他引你走出迷津，助你论辩取胜
伴你在静夜灯下书写文章……
他同你并肩告慰先人：你不会沉沦
你更挺直更庄重而又自强……
一无所求，只要你全身心地

信任他、依赖他、尊重他
当你在不觉中创伤平复，会发现
你俩爱的种子已发芽、生长、茁壮

这絮叨的推荐多蠢啊，因为你
多年跟他朝夕相处，如形与影
他从来就是你忠实的恋人
从来就在你身旁，你手边，你心上
正因为无时不在无处不在
才使你忽略了他的形象

你知道他伟岸壮美，请珍惜
珍惜你们已有的和未来的爱情
请放心地把你的头颅
　　贴近他有力搏动的胸膛
难道至此还不知我说的是谁吗
　　真笨
不是巫师，不是郎中，也不是
　　神灵
他身份平常名字也平常，他叫
　　——时光

1986年6月12日午后

春雪

小雪——中雪，雨夹雪——雨转雪
从黑夜到白天——又到黑夜
清早推门，看天地间
密重重舞动着银蜂玉蝶……
莫非是天公把积雪清除
竟如此愤愤然气恼而急切？

积愁，积怨，积恼，积恨
难道都能够悄悄冻结
随着这无边的雪涛雪浪
越茫茫山野，向故人的坟头
一股脑儿倾泻！
倾泻……不见了黄土、洞穴
放眼一片皎洁
倾泻……春来时，积雪化处
有草芽儿萌生
有枝条儿摇曳

新春二题

其一

面对城郊这茫茫的雪野
我挥挥手向旧年郑重道别

旧年,你冷不丁一个腿绊儿
跌得我好重,差一点爬不起来
——爬不起来还能做什么事情
好在总算爬起来了,总算又能
心平气和地总结教训
而且能慢腾腾地为你送行

其实又岂能全然怪你
病是积累下来的,年年月月
点点滴滴:一场批斗、一声叱骂
一次次跟亲人洒泪别离……
能痛快哭出来还好,不得不
人前撑持,饮泣心底。这一切
积淀,积淀下来,在心中在血里
数量向质量变化,突然间

它使我跌倒在地

不去说它、不去想它了
好在今天还直立着望着雪景
你一去不回了,去吧,让我们
朋友般道一声珍重

其二

踏着城郊这茫茫雪野
我张开双臂把新年迎接

多少年栖栖惶惶地过日子
总希望瞥见命运的笑容
——可它的笑脸如此悭吝
而且善变:嘴角稍绽,不待看清
已经又凝定而冷冰……

对新的春天,我希望殷殷——
我希望你柔指的轻拂
让草苏醒、让树苏醒
也让我一根根睡了的神经苏醒

我希望春天里医生频频颔首微笑
——这才是命运的微笑
鼓励我起来，摆脱病榻
跨开大步在祖国大地上旅行
去见识新的地方，结识新的友人
去把许许多多可爱事物放声歌吟
——只有如此我才算痊愈，医生
该了解你这病人吧，只有如此
我才恢复了真正的生命
　　生命和青春

1987 年春

西行日记

骊山

骊山,请告诉我——
这是传说还是真实的历史
是历史还是诗意的传说

在风景秀丽的山中,向往着
有一美丽聪敏的女伴分享欢乐
本可理解,君王和妃子也曾月下定情;
但要为一个女人而劳民破国横征暴敛
　　就只能是腐败与荒淫。

周幽王为博女人一笑
　　举烽火戏弄诸侯
及至危难时烽火徒然,全无响应;

秦始皇温泉沐浴,淫心顿起,
白日梦里扑向神女,反遭戏弄;
与贵妃誓同生死的玄宗也眼睁睁
看着她被缢死在败退途中……

是历史还是诗人的想象
是想象还是历史之真?
贵妃浴处成了干涸的泥坑
歌管楼台已无踪迹可寻
历代君王受辱处只留得一片嘘声……

哦,历史和诗歌原是一回事:
承旨命笔的史家只能造出干枯的纸花
为民代言的诗人却铸出了锐利剑锋!

1988 年 4 月

秦岭晚雾——巴山夜雨

灰蒙蒙不阴不晴
热得人透不过气来。古长安
空气为什么这样重压令人气闷!
车行向晚,车窗涌进阵阵晚雾
　　可是那闷气的凝聚
　　　　凝聚着又来追踪?

谢谢你，淋漓的巴山夜雨
让都市和人心的郁闷得以宣泄
一明一暗的隧道，使我更向往
云贵高原的晴朗，即使在颠簸的梦中
听窗玻璃上细雨般的叮咚……

1988年4月

云贵山中隧道

蜀道尽，车上云贵高原
手上的书忽明忽暗
亮晃晃刺向胸膛的匕首……定格。
两副相凑的嘴脸……定格。
隧道紧接着隧道，
光明躲不及黑暗！

放下书，任匕首刺下去
　　　　任两唇相接……
与我何干！
且想想前面，有滇池、有洱海苍山
有友人殷切的期盼。

友人盼我，我盼友人
恨只恨车行太慢！
云贵山多，山势多变
车送我远行要感谢
当年筑路者的艰难。
一路打通过来，何等的气魄
　　　　　何等的手段！
隧道……哪怕你全天隧道，我紧闭双眼
只要睁眼时阳光一片！

　　　　　　　　　　1988 年 4 月

拒登鬼城

"阴司街"两旁
牛头马面龇着獠牙
牌楼下正好有个猪肉摊
恍惚间我看见的都是
人肺、人肠、人腿、人肋巴……
算了吧，我不上去了
你们请吧

小时候听了那么多故事
　　　　看了那么多图画
什么阎王小鬼、十八重地狱
"罪人"们上刀山、下油锅
被斧子劈、被锯子拉……
什么阎罗判官,无非是州府县衙
什么"善恶报应",无非是人间酷刑的强化
几千年和那个十年还看得不够吗
何必再去受一番恫吓!

算了吧!虽然我病着,半个身子不灵
但我肢体干净,心灵干净
　　　没有半点贼腥
算了吧,鬼城
我宁可躺在舱里望一片天空
酝酿一个无风无浪的蔚蓝的梦

1988 年 4 月

石琴响雪——万县一景

一头椭圆,一头细长

石琴横卧在流泉之上
飞瀑流泻,水花纷溅如雪花飞扬
是石琴奏出纷纷雪花、淙淙声响
谁听得见,这来自天外的琴音
谁听得懂,这凛冽刺心的乐章?

1988年4月

重访聂耳墓

他没有海顿雄岸的身躯
没有贝多芬雄狮般的脑门
他看上去明明还是一个孩子
稚嫩的嘴、羞怯的眼神
他至死也还是一个孩子
胸膛里怎么发得出如此强大的声音?

当民族危亡,当浪拍云滚,
这孩子觉醒了,觉醒了
一个伟大的民族之魂!
他的灵魂发出震撼天地的绝唱
唤起山河大地,唤起祖国和人民!

如今在你的灵柩之上
是你心爱的黑水晶般的钢琴
祖国放置了素洁的花圈,而人民
正俯首倾听你心头发出的阵阵琴音

1988 年

神女峰

今日我过巫山
无风无雨无雾
神女挺立峰巅
为船只指引航路
不知从何处知我是文人
语声中颇含愠怒:

  文人骚客最多情
  心思却甚是龌龊——
  如是天晴日丽
  就说我赤裸轻狂
  若有云雾遮我
  疑我做见不得人勾当;
  其实我趁雨丝雾帘

正在沐浴梳妆。

我身后有矮树植被
前有苔藓斑驳
每日栉风沐雨
练就我粗健体魄
为何你们欣赏"比基尼"
却这般容不得我?
襄王、曹植想入非非
才会在梦中遇魔……
我怕什么?我虑什么?
我将一如既往
日晒雷殛不躲
只要看百舸争流而过
我任凭风雨消磨!

1988 年

长江的风

长江的风,日夜不息
撼我窗、摇我门、荡我心胸

出门望三峡,如长长胡同
——大自然为风特设的通道
谢谢你日夜辛勤,把两岸峭壁
白的洗得更白,红的洗得更红
把峡上峡下的树洗得更青更青

长江的风,送一艘艘货船客船
　　逆流或顺流前进,
送一列列巨大的木排漂流,轰然有声。
也跟我开了个小小的玩笑,把我的帽子
轻轻一掀就抛入江中。并朗声笑我:
抛开吧,晦气的帽子、病痛的帽子
让风雨冲洗你的头发、你的心灵
清爽爽踏上新的路程!

长江的风,粗犷而强劲
长江的风,轻柔而多情
激励之风,前进之风
　　摧枯拉朽、助长新生的风!
风啊,一路倾谈,我们已是知友
今后不论在车船上颠簸不安的梦里
还是在亲人身旁平稳的梦中
我都会时时感受到你的凉爽清新

哦，长江的风……

1988年

彻 悟

传说，穆罕默德
　　曾命令：
山，向我走来
而山不动
于是他说：既然山不向我走来
我就向山走去

有几人有真主的彻悟
又有几人有山的坚韧
既不敢向任谁发号施令
也不妄想新的造山运动……
千里迢迢滚爬而来者啊
只为望望山的绿色
听听空谷回音
即使是稍瞬即逝的蜃楼
也会在记忆中蚀浸

是失望,是警醒
使你颓然坐下来
坐下来渐冷渐凝定
是担心迎山而去同归于尽
使你安于遥望吗?
庄严,肃穆,安详
任谁也不能撼动……

1988年乐山大佛脚下

安图一瞥

明月沟
——新县城

这里曾经是幽深的山谷
布尔哈通河静静地奔流
孤立突兀的瓮声砬子上
有什么鸟儿在诉说寂寞
夜空如水,星光暗淡
一弯明月如钩

突然山间炮响,砂石飞散
笔直的铁道飞进山沟
山谷间生活的浪涛澎湃
点点红旗闪现山头

清晨,瓮声砬子上喇叭响亮
广播声压过小鸟的啁啾——
朝鲜族少女朗朗的声音
生活的建设者热情地问候

松江乡
——新县城

几十年前,这里山荒林密
河水低吟,古树遮天
河水漫过大片的沼泽地
退去水的淤泥上盐碱斑斑

密林里的鹿群常常跑来
柔软的嘴唇舔食着盐碱
舔渴了,快乐地向水声奔去
小巧的蹄印绵延到河边

猎人们沿着鹿的蹄印
张起网罗,设下刀箭……
渐渐地这山沟名声远震
南北的客商钻进了深山

鹿茸、人参、山货生产……
商家、赌局、骡马大店……
多少辛劳、多少欺诈
多少血泪遍洒山间

如今老人们笑谈着往日
向后辈把迂回的山路指点
远近的进山人,直到今天
仍把这里当作歇脚的驿站

       1988 年

捕捉

不安宁的心
　　一年年四处漂泊
在浪涛上沉浮，在公路上颠簸
看晴空白云，云上的波浪
看无波的湖，湖上的云朵
在蛇岛上我寻找鲜花
——丑中自有美与天真
在人海中却常常发现游蛇
——笑语中竟藏有险恶

今晨我又来造访你
我灵魂的明镜——高山湖泊
我沉醉流连，久久不去
不是寻找深山珍宝
　　　湖中怪兽
我久久流连，心儿在捕捉
捕捉，活的诗歌

1988年8月延边

90年代

山·水

桂林的山

由于灼热,由于沸腾
由于沸腾形成的灼热
一个个巨大的气泡高高突起
突起而又破灭、破灭后突起更高……
突然间,一切都冷却、凝固下来
出现了一座座对峙的山峰
各自持几分敌意、几分戒备、几分惊愕

无穷岁月中,多少次地裂天崩
　　多少次海洋冲刷、多少次风雨蚀磨
山——也许更陡峭更嶙峋更斑驳
但山色——犹如山的服饰与目光
却渐渐柔悦温和:绿树丛丛鲜花簇簇
山脚下又有河水流出
　　互相对流互相致意
或托付鱼儿的舞姿、或托付落叶的
　　几片颜色……

——这或许是千秋万代后人的
　　一点想象一点推测
望着这奇异的峰峦令人欣慰：
　　虽然它们仍然冷峻、疏远、淡漠
或许山和山之间过于亲密
　　只能造成灾难；
然而不要紧：山脚下终究留下了一条
　　美丽的河流
——人们称之为：爱之河

1991年5月 桂林

江上

几丝风来，几片云儿打皱
几缕阳光泻下
展现出——一江碧透
船在碧透里行
鱼在碧透里游
碧透在人的眼波中——满眼灵秀

这是你吗，桂林人——

这是你的思想、你的情感、你的心吗
这般透明、这般美、这般温柔
指点江山、评说古人、议论书法、议论诗歌
你的语言绵中有锋,含而不露

你是主编你是主任你是解说员
　　你是我们漓江诗会上的成员
　　你是我们的同行我们的朋友
因为你骨子里明明是诗人
　　尽管你并不写分行的文字,
并不把韵脚儿拼凑
你的眼神你的嗓音你的手势
一直诗句般乐句般流啊流

别问我在看什么想什么在小本上
　　记什么
别细问,莫追究
我不过想多摄入些美与善
　　摄入山川摄入波影摄入笑靥
　　摄入眼中摄入心头

我不过想把你们桂林和桂林人的灵气
　　这山色水色你的音色

偷一点揉进我的心里的我的诗里

在那里长久地留存……

1991年5月桂林

生命流向

告别母体·告别童年

听老人说：我落草时是哑的。
冷冰冰软塌塌没有一点儿生气。
人们翻转着呼叫着半死的母亲，
恼怒的父亲倒提着我走向屋后……

六十年后我仍然不甚明白：
离开母体时为何惶惑不安——
是对那幽静和温暖恋恋不舍？
是对陌生的世界反感与恐惧？

没多久母亲也离去了。暂短又暂短的
童年和少年时代结束了。
暂短而迷离的，在回忆中咀嚼的
也只有屈辱、孤苦和冷寂……

假若那天没有大姨，假若她没曾
急匆匆跑向屋后拾这冰冷的小小身体，
假若她没敞开棉袄暖我，没在温水中洗我，

没反复地揉搓与拍打,也许……
也许这世上就少了我的声音与形迹。

告别青年

温暖和生机,阳光和氧
在伙伴中汲取,在集体中汲取。
在行军的路上,在列队和歌唱时
有温热的肩膀与我相依。

相依……在充沛的阳光雨露中我们成长歌唱,
相依……在狂风暴雨中我们互相助力。
痛悔的是最迫切时我偏缺少那急需的力气与话语,
不能在困厄中卫护你或宽慰你;

你毕竟柔弱敏感,毕竟天真而不设防,
你终于先于我无声地倾折倒地。
你倒下了。你的歌声中断,我喉头喑哑,
我的肩膀啊何等空虚……

假若不是松花江边那次,蓦然相识,
假若没有那些传读的书中的短信和小诗,
假若我们没有在一个雨天,把命运

一下子联结在一起,也许……

也许我们各自站立在自己的山冈上
做相敬相知的朋友,遥相致意。

暂不告别·歌声不息

跟青年时代挥手告别了——别了,那些缱绻的亲情,
开始在更高寒更荒漠的路途踏下足迹。
愿在激动减少的同时也减少些浮躁,
在增多了顾忌的同时也增多些沉思与沉毅。

自知不是先知先觉,不具过人的智慧,
在亲人困惑绝望时没有巧言去宽慰。
不是纵横捭阖的猛士,不是参天大树,
在风暴袭来时未能挺身奋击把她荫庇。

不是凌空鹏鸟,不是弄潮儿,
无力排挞不测人生中的波谲云诡。
我只是个跋涉者,只是个泅渡者,
只能艰难地执着地向自己的目标奔去,奔去。

时代养育我—— 一个普通的歌者,

时代锻造我,或在风雨中也曾被磨蚀……
也许渐失了嗓音的清越与嘹亮,
但我仍将歌唱——尽管喉咙粗粝……

那最后的告别何时到来,我会有些什么样
　　的感受与要求,
我已经无法奉告。也许在清晨或黄昏
有几缕歌声,在这里萦绕不息,
　　萦绕不息……

　　　　　　　　1993年7月24日长春南湖新村

寄语椰树下的女儿（外一首）
——手扶白桦树干，寄语椰子树下驻足的女儿：

莫只知赞赏她摇曳的身姿
　　飘飞的长发，
莫一味贪恋朝阳的温暖
　　海风的湿润……
请在狂风暴雨中细细观察，
体察她对狂暴来袭的抗争。

白桦树从不炫耀也不张狂，
静静生长在风中雪中。
椰树在骄阳里从不抱怨，
藏累累果实于叶下浓荫。
珍惜每一寸光阴与生命的花季，
精心镌刻下每一圈年轮，
华彩和风姿固然炫目，
我却赞美——柔韧和坚定。

1993 年 6 月

没有风,也看不见雨滴

没有风,也看不见雨滴
只是马路湿了,屋顶湿了
眉毛也略有潮意
无声的雨啊,下着下着
从昨夜一直到今晨鸡啼
请细辨那杨柳梢头、那枯黄草地
星星点点,已透出缕缕新绿

孩子,在你那椰树之城
你头上可也有零星细雨?
你在房中还是在路上
头发和衣衫可曾淋湿?
每晚听电视中天气预报
我都留神着那南方的海岛
看那里是艳阳天,还是连日有雨
每读你来信、听你电话
我都感到有椰风吹来
如女儿双臂绕我肩头
啊孩子,我遥遥寄上我的祝福与希冀——

像椰树那般高大坚韧吧
像椰树那样枝繁叶茂
任风狂雨急,你俯仰自如
果实累累而通身葱绿……

1993 年 4 月

清明雨
——亡妻陶怡廿二年祭

年年四月清明夜
——或早几夜或晚几夜
　　或接连几夜，都会有
零落落的雨点
来敲我的窗、敲我的门

可是你黎明前悄悄回来了
认不出这新的家园
敲门敲窗犹豫而小心
你要认认家门，寻你的记忆
留恋着，在窗外逡巡

有什么放心不下，有什么未了的
　　人情和心愿
还是召唤孩子的童年，焦虑与温馨
当发觉记忆已逝，往昔淡去
你可失望吗，在黎明中消隐？

若是你想回来就随时回来
不管是惊蛰、谷雨、春分

好像你最爱的是清明
——你去也清明来也清明
不要怕惊醒我,有什么要紧

即使醒了,即使一时旧梦难温
就让我大睁着眼睛
听一阵,望一阵
哪怕窗外和窗内
雨纷纷、泪纷纷
也许诗句也纷纷——

1994 年春

老树

一棵老树默默地倒下了
默默地默默地倒在路边
一蓬蓬枝叶不知究竟
仍然肆意地伸向云天

不跟谁枝叶拍打,不跟谁根须牵扯
不歌唱不舞蹈也不炫耀青春年华
当自知重病缠身
它只默默隐忍,不呼救也不呻唤……

终于在昨夜那狂暴的风雨中
它闷声地倒下了,不肯惊动邻居和伙伴
生不要赞美,死不要哀哭
也不要亲人悲怆的召唤

它默默生于大地
默默返回大地
默默地倾其所有把毕生奉献
请尊重它的心态,它的遗愿
请尊重请保持它的谦卑、它的尊严

1995 年

命运之星（外一首）

早在多少万光年以前，横越太空
你就幽幽然踽踽独行
你是谁，是金星、火星、冥王星？
从何时你找到我注视我
一年年跟随我在书房里、在梦中
无论我灯下挥笔斟酌诗句
无论我头顶风霜烈日脚下坎坷泥泞……
无论我辗转病床在无眠之夜
只要向左转眼，就见你独特的光辉
边走边向我窗内探询
你可是我的命运之星
像我一样，只有没完没了的行程
你向哪儿去，可有尽头？
你无声，仍默默前行
我听见那光的语言传来信息：朋友
切莫因惶惑而裹足不前
也不要急躁地仓促狂奔
让我俩挽起手来吧，让我们结伴而行
哪怕你流星骤雨
哪怕你宇宙罡风……

让天地间时时响彻着
我们轻快的足音
让每一步都平稳坚定

聚

今夜月儿睡得好沉
愉悦、安详
臂弯里罩着柔光
可那柔光中的亮星是谁
他是何时冲破时空赶来
完成这光年间隙的看望？
可是一路赶得太累
可是满腔话语急于倾吐
他说着说着扑倒在你的身旁
可是你俩还正说着
没完没了地说着
每句话音是缕缕柔光
今夜，是我在梦中撞见了你们的欢聚
还是你们沉浸于亮汪汪的梦乡……

2003 年岁末病中

此两首为诗人绝笔作，两个月后的 2004 年 2 月，诗人去世。